中日對照

日文童話集錦

張　婹　譯註

鴻儒堂出版社發行

中日對照

日文童話集錦

張 [illegible] 譯註

鴻儒堂出版社發行

前　言

本書之特色：

1.故事本文——生動、有趣。

2.註釋——詳細且標有重音。

3.句型提示——舉出故事裡重要之句型。

4.譯文——擬聲語及擬態語均譯之以國語注音。

5.附錄一——網羅了常見之動物叫聲。

6.附錄二——將正式說法與實際的口語說法對照排列，使您掌握生活上實際的說法。

7.附錄三——熟讀此篇「口語長音強調表現」，能讓您的日文更加生動、自然。

8.附錄四——此篇網羅了一般故事及有名童話裡的各個人物、主角。

希望本書能對您的日文有所助益。

在此我要感謝我的老師掛田良雄先生，以及鴻儒堂出版社的黃成業先生，謝謝他們給予我的指導及幫助。

張　嫚　謹識

目次

一、鼠の相談

イソップおじさんのお話、「ねずみのそうだん。」

ねずみはつよい。なんでもかじる。

ガーリガリのゴーリゴリ①。

米でもかじる。芋でもかじる。壁でもかじる。

なんでもかんでもガーリガリのゴーリゴリ。

ねこいらず②……、へへ、おかしくって——。

ねずみとり③……、だめだめ、はいるもんかい。

えっへん、おっほん④。

ねずみは、世界で一番偉いのさ。

　ニャーゴ。

「うわあ、ねこだあ、たすけてえ。」

「あはははは、ねずみたち、つよがりを言⑤っても、ねこにはかなわない⑥ようですね。

ねずみたちは天井⑦裏に集まって、相談しました。

「ええ、みなさん。わたしたちには、恐ろしいものなんか、なにもない。——ううん。でも、たった一つだけ……ある。とても恐ろしい……。」

「ねこだあっ。」

「ねこだあっ。」

「その通り。ねこはぼくたちねずみの敵だ。ねこに捉まる⑧と、ぼくたちは、みんなむしゃむしゃ⑨食べられてしまう。」

「ねこが台所にいるんで、せっかくのごちそうも食べられやしないわ。」

「なんとか⑩、ねこにつかまらない方法はないかしら。」

「そうっと、気を付けていけばいいよ。」

「だめよ。いくら気を付けていっても、見えないところに隠れ⑪ていて、急にぱっと飛び付い⑫てくるのよ。」

「みんなで、いっせいに⑬、ねこにかみ⑭ついてやっつけ⑮てやろう。」

「だめだめ。ねこの歯はものすごくとが⑯っている。爪がまた、すごく鋭いの。」

チュチュチュ、チュチュ、チュチュチュチュチュ、チュチュ、チュチュチュッ。

ねずみの相談はまとまりそうにもありません。

「しいめた。いいこと考えたよっ。」

こどものねずみが、突然大きな声で言いました。

「それはね、ねこの首に鈴を付けるんです。ねこが歩くと、鈴がチリチリン⑰と鳴るでしょう。鈴が聞えたら、逃げればいい。」

こどもねずみは、鈴を持ってきて、得意そうに鳴ら⑱しました。

　チリチリ、チリチリ、チリン。

「それはいいぞ。」

「いい考えだわ。」

「もう大丈夫。」

「ああ、よかった。」

ねずみたちは大喜び⑲。みんな盛ん⑳に拍手しました。

　パチパチ㉑パチパチ……。

その時、今まで、黙㉒って、みんなの話を聞いていたおじいさんねずみが言いました。

「そりゃ、いい考えだ。でも、それじゃあ、誰が、ねこの首にその鈴を付けに行くのかね。」

ねずみたちは、みんな黙(だま)って、しいんとなりました。

うふふふ。いくらいい考(かんが)えでも、本当(ほんとう)にやることは難(むずか)しいものですね。

では、これでおしまい。

（おわり）

【注釋】

①ガーリガリのゴーリゴリ——形容咬碎硬物聲（擬聲語）
②ねこいらず——滅鼠藥（名詞[3]）
③ねずみとり——捕鼠器（名詞[3]）
④えっへん、おっほん——哎嘿、噢哎（擬聲語）
⑤つよがりを言(い)う——說逞強的話（詞組）
⑥かなわない——敵不過（五段動詞否定形[3]）
⑦天井(てんじょう)——天花板（名詞[0]）
⑧つかまる——被捉（五段動詞[0]）
⑨むしゃむしゃ——難看的狼吞虎嚥狀（副詞[1]）

⑩なんとか――表示「是否能想辦法」的強烈慾望（副詞1）
⑪隠(かく)れる――躲藏（下一段動詞3）
⑫飛(と)び付(つ)く――撲奔過來（五段動詞3）
⑬いっせいに――一齊、同時（副詞0）
⑭かみつく――咬（五段動詞3）
⑮やっつける――幹掉（下一段動詞4）
⑯とがる――尖（五段動詞2）
⑰チリチリン――形容鈴鐺的響聲（擬聲語）
⑱鳴(な)らす――把……弄響（五段動詞0）
⑲大喜(おおよろこ)び――非常高興（名詞3）
※大間違(おおまちが)い（大錯特錯3）
※大(おお)あわて（非常慌張3）
※大騒(おおさわ)ぎ（大驚小怪、慌張失措3）
※大急(おおいそ)ぎ（急急忙忙3）
⑳盛(さか)ん――盛大的（形容動詞0）

㉑パチパチ――形容鼓掌聲（擬聲語[1]）
㉒黙る――不作聲、不説話（五段動詞[2]）

【句型提示】

一、……にかないます（敵得過趕得上……）
つよがりを言っても、ねこにはかなわない。

二、たった……だけ（只……）
たった一つだけある。

三、動詞連用形＋やしません（否定形的加強語氣表現法）
せっかくのごちそうも食べられやしないわ。

四、……ないかしら（如果能……該多好）
ねこにつかまらない方法はないかしら。

五、いくら……ても……（再……也……）
いくら気を付けていっても、見えないところに隠れていて、急にばっと飛び付いてくるのよ。

六、……そうにもありません（看起來好像不會……的樣子）

ねずみの相談はまとまりそうにもありません。

【譯文】 老鼠的集思會議

伊索叔叔的故事「老鼠的集思會議」。

老鼠眞厲害，什麼都啃。

ㄍㄚ ㄓㄚ、ㄍㄚ ㄓㄚ、ㄍㄚ ㄓㄚ。

米也啃，芋頭也啃，牆壁也啃。

什麼都ㄍㄚ ㄓㄚ、ㄍㄚ ㄓㄚ、ㄍㄚ ㄓㄚ。

滅鼠藥，嘿嘿，眞可笑。

捕鼠器，也不行，我才不進去。

ㄟ ㄏㄟ、ㄡ ㄏㄡ。

老鼠所向無敵，世上最偉大。

ㄇㄧ ㄠ。

「哎呀！猫來啦！救命呀！」

哈哈哈，看來這些老鼠就會吹牛，還是敵不過貓啊！

老鼠們聚集在天花板裡商量辦法。

「哎、各位。對於我們來說，沒有任何可怕的東西。——嗯、可是、只有……一樣東西，實在是可怕……。」

「是貓。」

「是貓。」

「對！貓是我們老鼠的敵人。只要是被貓抓住的話，那我們就會被狼吞虎嚥地吃掉。」

「就是因爲有貓待在廚房裡，所以難得的美食我們也沒有辦法吃到哪！」

「如果能想出一個不會被貓抓到的辦法該多好啊！」

「悄悄地、小心一點地走不就行了嗎？」

「不行啊！不管再怎麼小心，它也會躲在看不見的地方，然後突然間地撲過來喲！」

「我們大家一齊咬牠，把牠幹掉吧！」

「不行、不行，貓的牙齒尖得不得了，爪子也很銳利的。」

ㄑㄧㄡ ㄑㄧㄡ ㄑㄧㄡ、ㄑㄧㄡ ㄑㄧㄡ……。

老鼠們的集思會議看樣子好像得不到一個一致的結論。

「太棒啦！我想出一個好辦法了。」

一隻小老鼠突然大聲叫道。

「那就是啊、在猫的脖子上掛上一個鈴噹，猫要是一走動，鈴噹就會叮噹叮噹地響，對不對？當我們一聽到鈴噹響時，就趕快逃跑的話，就好啦！」

小老鼠拿來了一個鈴噹，好像很得意似地搖響著。

ㄉㄧㄥ ㄉㄤ、ㄉㄧㄥ ㄉㄤ……（地鈴噹響）。

「這不錯呀！」

「眞是個好主意。」

「沒問題了。」

「啊、這太好啦！」

老鼠們非常高興，大家都使勁地鼓掌。

ㄆㄧㄚ ㄆㄧㄚ ㄆㄧㄚ ㄆㄧㄚ……（地鼓掌）。

這時，一隻一直都沒有說話、在聽著大家講的老老鼠說話了。

「那是個好主意。可是，那麼、誰去把那個鈴噹掛到猫的脖子上去呢？」

老鼠們都啞口無言、鴉雀無聲了。

哈哈哈！不管是再怎麼好的主意，要真的去做，還是很困難的喲！

那麼、故事就到此結束。

（完）

二、赤頭巾

昔むかしのことでした。

赤いビロード①の頭巾②がよく似合う女の子が、お母さんと二人で住んでいました。

「あかずきんちゃん。」

「はあい。」

「森の向こうのおばあちゃんが、ご病気なのよ。お見舞い③に行ってちょうだいな。」

「はい。」

あかずきんちゃんは、ケーキと葡萄酒の瓶を、おかあさんから預か④りました。

「いいこと⑤。道草⑥をしないでね。お使いに行く時は、ころ⑦ばないように、急いで行くのよ。」

「はい。行ってきます。」

森の中はとてもいい気持。赤頭巾ちゃんは、おばあちゃんのことを考えながら、すたすた⑧歩いていました。ちょうど森のまん中⑨まで来た時……。

「こんにちは、あかずきんちゃん。」

「こんにちは。あら⑩、あなた、だあれ。」

「おや、わたしをご存じないとはねえ。えへ、へへ、へえ……。」

それは、わざと⑪やさしい声を出しているおおかみでした。赤頭巾ちゃんは、今までに一遍もおおかみに会ったことがなかったのです。

「へええ、おばあちゃんの所へ、ケーキと葡萄酒を持って。えへ、そりゃご苦労さまですね。えへへ……。」

おおかみは、たれ⑫てくるよだれ⑬を吸込⑭みました。

「こいつは、ごちそうにぶつかったもんだ。丸丸と⑮太った女の子と、ケーキに葡萄酒。待てよ、おばあさんという奴は、ちょいとばかり⑯骨が固そうだが、そいつもちょうだいするか。よし、こうしてやろう。」

「ねえ、赤頭巾ちゃん。どうして、そう、すたこら⑰歩くんですよ。」

「だって、お母さんが、ころばないように、急いでいらっしゃいって言ったのよ。」

「なるほどねえ。でも、まあ、ご覧なさいよ。ほら、あそこのはらっぱ⑱、きれいな花がさいていますよ。」

「まあ、ほんと。きれいだわ。」

「ほら、小鳥もたくさんいるよ。」

「おばあちゃんに花を摘んで行ってあげようかしら。」

「おっと、それはいいことに気が付いたね。花束⑲を作るんですよ。病気の人には、花束が一番ですぜ。」

赤頭巾ちゃんは、本当にそうだと思って、花のいっぱい咲いたはらっぱに、寄道⑳をしました。ところが、そのすき㉑に、おおかみは、おばあさんのうちに飛んでったのです。

「ふふふ……。ちょうどおばあさんは、ぐっすり㉒寝てるぜ。では、いただきましょうかな。」

ぱっくんの……、ゴックン㉓。

おばあちゃんを丸呑㉔にしてしまいました。そして、急いで戸棚㉕からおばあちゃんの洋服を出して着ると、ベッドにもぐりこ㉖んでいました。

「来た、きた。うまそうなあかずきんが来たぞ。」

コンコン、ギー……。

「おばあちゃん。」

「はあい。」

「おばあちゃんの声、変な声ね。」

「かぜを引いたんだよ。」

「それに、おみみがずいぶん大きいのね。」

「あかずきんちゃんの言うことが、よく聞えるようにだよ。」

「お目目もずいぶん大きいわ。」

「お前がよく見えるようにだよ。」

「お手手もとっても大きいわ。」

「うまくつかまえられるようにさ。」

「お口も大きいわ。」

「なんでもぱくりと㉗食べられるようにさ。えへへ……それっ。」

ぱっくんの……ゴックン。

「ああ、ごちそうさまでした。」

到頭おおかみは赤頭巾ちゃんを丸呑にしてしまいました。その上、ケーキも食べて、葡萄酒も飲んだので、すっかり眠くなってしまいました。

ゴー、ゴー、ゴー㉘。

このものすごいいびき㉙を聞いたのは、通り掛か㉚ったかりゅうどでした。

「はてな。おばあさんにしてはおかしいな。ちょっと見てやろう。」

「お、おおかみだ。とうとう見付け㉛たぞ。このおいぼれ㉜の悪者め㉝。よし、一発でしとめ㉞てやる。……待てよ、いやにおなかがふくらんで、よだれをたら㉟しているところを見ると……。」

気が付いたかりゅうどは、鉄砲で打取る㊱のをやめると、はさみを見付けて、おおかみのおなかをジョキ㊲、ジョキ。ジョキ、ジョキ。

初めにころがりだ㊳したのはおばあさんでした。おばあさんは、まだのんき㊴に寝ていました。ジョキ、ジョキ、ジョキ。

ころんと飛び出したのは、元気な赤頭巾ちゃんでした。

「ああ、よかった。おおかみのおなかの中って、とっても暗かったわ。あたし、もう少しで泣くところだったの。かりゅうどさん、どうもありがとう。」

それから、赤頭巾ちゃんは、こう言いました。

「やっぱり、お母さんの言う通りだわ。お使いに行く時は、どんなやさしいことを言われても、どんなにきれいな花が咲いてても、道草をしちゃいけないんだわ。」

（おわり）

【注釋】

①ビロード——天鵝絨（名詞⓪）

②頭巾——頭巾（名詞②）

③お見舞い——慰問（名詞⓪）

④預かる——預先收下、代為保管（五段動詞③）

⑤いいこと——「こと」是女性對小孩說的話，它是終助詞，表示希望、叮囑（詞組）

⑥道草——在途中躭擱（名詞⓪）

⑦ころぶ——跌倒、摔跤（五段動詞⓪）

⑧すたすた——快步行走狀（副詞②）

⑨まん中——正中央（名詞⓪）

⑩あら——表示驚訝，女性用語（感嘆詞①）

⑪わざと——故意地（副詞①）

⑫たれる——流、滴、垂（下一段動詞[2]）

⑬よだれ——口水（名詞[0]）

⑭吸込む（すいこむ）——吸進、吸入（五段動詞[3]）

⑮丸丸と（まるまると）——胖嘟嘟的、圓胖的（副詞[3]）

⑯ちょいとばかり——稍爲（詞組）

⑰すたこら——匆忙地（副詞[2]）

⑱はらっぱ——空地（名詞[1]）

⑲花束（はなたば）——花束（名詞[3]）

⑳寄道（よりみち）——繞道（名詞[0]）

㉑すき——可乘之機、機會（名詞[0]）

㉒ぐっすり——熟睡貌（副詞[3]）

㉓ぱっくんのゴックン——「ぱっくん」和「ゴックン」都是形容大口囫圇吞狀（詞組）

㉔丸呑（まるのみ）——整個吃（名詞[0]）

㉕戸棚（とだな）——壁櫥（名詞[0]）

㉖もぐりこむ——鑽進去（五段動詞[4]）

㉗ぱくりと——張口大呑狀（擬態語3）
㉘ゴー、ゴー、ゴー——打呼聲（擬聲語）
㉙いびき——鼾聲（名詞3）
㉚通り掛かる——經過（五段動詞5）
㉛見付ける——找到（下一段動詞0）
㉜おいぼれ——老朽、老糊塗（名詞0）
㉝め——表示輕蔑（接尾語）
㉞しとめる——（用槍等）殺死（下一段動詞3）
㉟たらす——滴、流、垂（五段動詞2）
㊱打取と——殺死、擊斃（五段動詞3）
㊲ジョキ、ジョキ——剪刀剪東西聲（擬聲語）
㊳ころがりだす——滾轉出來（五段動詞5）
㊴のんき——悠閑的（形容動詞1）

【句型提示】

一、……てちょうだい（請……）

お見舞いに行ってちょうだいな。

二　……ないで（ください）（請不要……）

道草をしないでね。

三　意向形＋かしら（我是不是要……呢）

おばあちゃんに花を摘んで行ってあげようかしら。

四　……には……が一番です（對於……、……是最好的了）

病気の人には、花束が一番です。

五　可能動詞＋ようにです（是爲了能夠……）

よく聞えるようにだよ。

よく見えるようにだよ。

六、……にしては……（以……來説的話……）

おばあさんにしてはおかしいな。

七、……ところを見ると……（從……看來的話……）

よだれをたらしているところを見ると……。

八、もう少しで……ところでした（差一點就……）

あたし、もう少しで泣くところだったの。

九、……ては（ちゃ）いけません（不可以……）

道草をしちゃいけない。

【譯文】紅頭巾

這是很久很久以前的事情了。

有一個非常適合帶紅色天鵝絨頭巾的女孩，她和媽媽兩個人住在一起。

「紅頭巾乖乖。」

「什麼事？」

「森林那邊的外婆生病囉！你去慰問一下吧！」

「好的。」

紅頭巾從媽媽那裡接過來了蛋糕和一瓶葡萄酒。

「要乖乖喲！不要在路上玩耍就擱囉！去辦事的時候，要趕快去，小心別摔跤囉！」

「好，我走囉！」

森林裡好舒服。紅頭巾乖乖一邊想著外婆，一邊快步地走著。當她剛好走到森林的正中央時、

「你好！紅頭巾乖乖。」

「你好！咦、你、是誰？」

「噢、看來你還不認識我呀！嘿、嘿嘿、嘿……。」

原來那是一隻故意發出溫柔聲音的大野狼。紅頭巾乖乖一次也沒見過大野狼。

「嘿—、帶著蛋糕和葡萄酒去外婆那裡。唉，那眞辛苦你啦！嘿嘿嘿……。」

大野狼把要流出來了的口水又吸了進去。

「這可碰上一頓美餐啦！胖嘟嘟的女孩和蛋糕加葡萄酒。且慢，老太婆這個傢伙雖然骨頭好像有點硬了，可是把她也吃掉了吧！對，就這麼辦吧！」

「喂，紅頭巾乖乖，你爲什麼要走得那麼快嘛！」

「因爲媽媽叫我別摔跤、趕快去的嘛！」

「難怪啊！可是呀、你看呀！瞧！那邊的空地上開著好漂亮的花喲！」

「呀！眞的吔！好漂亮啊！」

「你看，還有好多小鳥呢！」

「我是不是要去摘點花給外婆呢？」

「噢、你眞是想到了一個好主意呀！你該做個花束呀！對於病人來說，花束是最好的啦！」

紅頭巾心想對呀，於是就繞道到開滿花的空地上去了。可是，大野狼就趁著這個可乘之機，飛快地跑到外婆家去了。

「嘿嘿，剛好老太婆正睡得香呢！那麼，我就開始吃了吧!?」

ㄚ、ㄇㄨ、ㄣ（地狼吞虎嚥）。

大野狼把外婆整個地吞了下去。然後怱忙地一從壁櫥裡拿出了外婆的衣服穿上，就鑽進了床上。

「來了、來了。好像很好吃的紅頭巾來啦！」

ㄎㄨㄥ ㄎㄨㄥ、《一一（地把門打開了）。

「外婆。」

「噢。」

「外婆的聲音好奇怪呀！」

「因爲我感冒啦！」

「而且您的耳朵也好大啊！」

「這是爲了能夠聽清楚紅頭巾乖乖所說的話呀！」

「您的眼睛也好大啊！」

「這是爲了能夠看清楚你呀！」

「您的手也很大呀！」

「這是爲了能夠牢牢地抓住東西呀！」

「您的嘴巴也好大哇！」

「這是爲了能夠大口大口地吃下任何東西呀！嘿嘿嘿……，看我的！」

ㄚ、ㄇㄨ、ㄣ（地狼吞虎嚥）。

「啊！吃得太豐盛啦！」

大野狼終於把紅頭巾整個地吞了下去。而且因爲把蛋糕也吃了、把葡萄酒也喝了，所以睏得不得了。

ㄏㄨ、ㄌㄨ、ㄏㄨ、ㄌㄨ（地打起了鼾來）

有一個人聽到了這特大號的鼾聲，他就是過路的獵人。

「奇怪呀！以老太太來說的話，這鼾聲就有點奇怪啦！我去看一看吧！」

「是大、大野狼。總算是找到你啦！你這個老壞蛋傢伙。好，我一槍斃了你。……且慢，看它肚子鼓得這麼大，又流著口水，該不會是……。」

注意到有問題的獵人決定不用槍打死牠，而找到剪刀，將大野狼的肚子「ㄎㄚ ㄔㄚ、ㄎㄚ ㄔㄚ」地剪了開來。

首先滾出來的是外婆。外婆還在悠閒地睡著呢！獵人又「ㄎㄚ ㄔㄚ、ㄎㄚ ㄔㄚ」地剪著。

這回「ㄎㄡ ㄌㄨㄥ」地一個東西跳了出來，原來是很有精神的紅頭巾乖乖。

「啊、太好啦！大野狼的肚子裡好黑喲！我差一點就要哭了。獵人叔叔，眞是太謝謝您啦！」

然後紅頭巾乖乖又說道：

「還是媽媽說得對。出去辦事的時候，不管別人說什麼再好聽的話、不管開著再漂亮的花，也不可以在途中就擱啊！」

（完）

三、蛙と牛

イソップ①イソップ　イソップおじさん。
イソップ　イソップ　イソップのイは、
「いいお話をしましょうね」のイ。
イソップ　イソップ　イソップのソは、
「それはそうしてそうなった」のソ。
イソップ　イソップ　イソップのッは、
「つらいことでもほがらか②に」のッ。
イソップ　イソップ　イソップのプは、
「ぷっと吹き出す③ほどおもしろい」のプ。
イソップ　イソップ　イソップおじさんは、
いいおじさんだ。
さあ、イソップおじさんのおもしろいお話をしましょう。「かえるとうし」のお話。

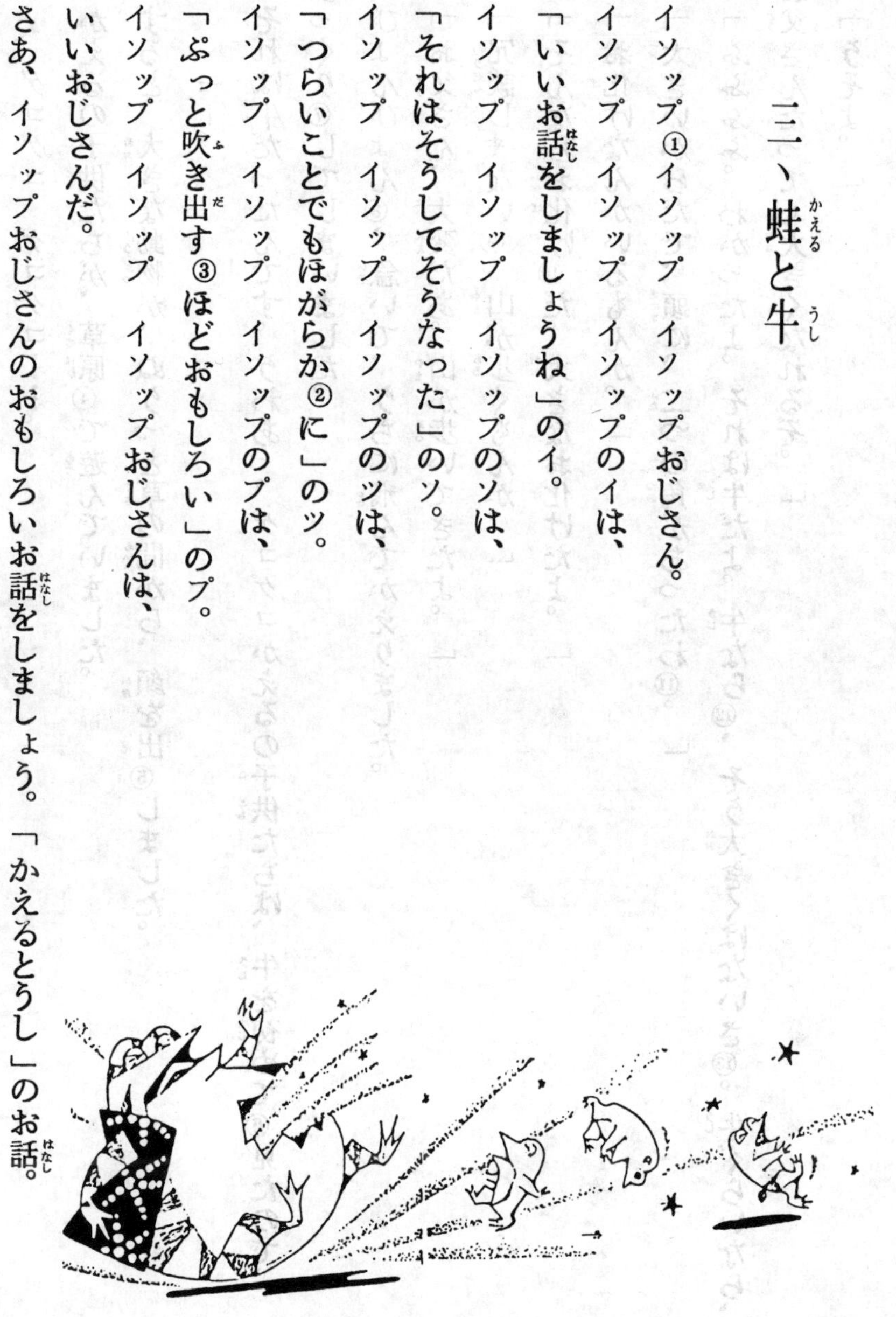

ゲコゲコ　ゲコゲコ……。

かえるの子供たちが、草原④で遊んでいました。

すると、大きな動物が、ぬうっと草の間から、顔を出⑤しました。

モー。

それは牛だったんです。うわあっ。ゲコゲコかえるの子供たちは、牛を初めて⑥見たので、

びっくり⑦してしまいました。

ぴょんぴょん⑧、急いで、うちに飛んでかえりました。

「お父さん、大変だあ。山が歩いてきたよ。」

「冗談じゃない⑨。山が歩くもんか。」

「そんならお化け⑩だ。大きなお化けだよ。」

「お化けなんかいるもんか。」

「大きいからだで、頭に、二つの角があったわ⑪。」

「ふふふ。わかったよ。それは牛だよ。牛なら⑫、そう大きくはないさ⑬。牛ぐらいなら、

お父さんだって⑭大きくなれるぞ。」

「うそよ。」

「うそじゃないよ。」

「そんなら、お父さん、牛ぐらい大きくなってごらん。」

「ううん、わけない⑮さ。」

かえるのお父さんは、息を吸⑯って、おなかをぷうっと⑰ふくらませ⑱ました。

「どうだい、こ、このぐらいだったかい。」

「そんなにちいさかない⑲よ。」

「じゃあ、このぐらいかい。」

「ううん、もっと、ずっと大きかったよ。」

「うう、じゃあ、こ、このぐらいかい。ううん。」

「まだだよ。もっともっと、ずうっと大きかったわ。」

「うう。はあ、はあっ。どうだ、こ、このぐらいだろう。」

お父さんがえるは苦しそうです。

「もっともっと、ずうっと大きいよ。」

「うう、どうだ。これ、これ、これぐらいか。うっ、う、ううん。」

お父さんがえるは、大きく大きくおなかをふくらませました。

へえっ、かわいそうに、お父さんがえるのおなかは到頭パンク⑳してしまったんです。
うふふふ。ばか㉑なかえるですね。みなさんも、自慢㉒して無理㉓をしないようになさいね。
じゃあ、このお話はこれでおしまい。

（おわり）

【注釋】

①イソップ――人名，古希臘寓言家（名詞2）
②ほがらか――心情快活舒暢（形容動詞2）
③吹き出す――忍不住笑出（五段動詞3）
④草原――草原（名詞4）
⑤顔を出す――探頭（詞組）
⑥初めて――第一次（副詞2）
⑦びっくりする――嚇一跳、吃驚（サ變動詞3）
⑧ぴょんぴょん――形容蹦蹦跳跳狀（擬態語1）
⑨冗談じゃない――別開玩笑啦、別亂扯啦（詞組）

⑩お化け——妖怪（名詞2）
⑪わ——女性用語，輕微的斷定（終助詞）
⑫なら——斷定助動詞「だ」和形容動詞的假定形。
⑬さ——男性用語，表斷定（終助詞）
⑭だって——就連（接續助詞1）
⑮わけない——簡單、容易（慣用語）
⑯息を吸う——吸氣（詞組）
⑰ぷうっと——形容使勁運氣狀（擬態語）
⑱ふくらませる——使鼓起（下一段動詞0）
⑲ちいさかない——「ちいさくはない」的約音說法。
⑳パンクする——形容輪胎等爆裂（サ變動詞0）
㉑ばか——傻的、笨的（形容動詞1）
㉒自慢する——自大、自誇、自滿（サ變動詞0）
㉓無理——勉強（名詞1）

【句型提示】

一、……てしまいます(表示不理想、無法挽回之意)

牛を初めて見たので、びっくりしてしまいました。

二、……そうです(看起來好像……的樣子)

お父さんがえるは苦しそうです。

【譯文】 青蛙和牛

伊索、伊索、伊索叔叔。

イソップ　イソップ　イソップ的「イ」,

就是「講個好故事(いいお話)吧」的「イ」。

イソップ　イソップ　イソップ的「ソ」,

就是「那件事(それは)那麼一來(そうして)就那樣了(そうなった)」的「ソ」。

イソップ　イソップ　イソップ的「ッ」,

就是「即使是痛苦的事情(つらいこと)也能夠講得生動而且好聽」的「ッ」。

イソップ　イソップ　イソップ的「プ」,

就是「故事好聽得會呼地（ぷっと）忍不住笑出來」的「プ」。

伊索、伊索、伊索叔叔，

眞是個好叔叔。

來吧！現在我就來講一個伊索叔叔編的很好聽的故事吧！這是一個叫做「青蛙和牛」的故事。

青蛙們正在草原上玩著。

「ㄍㄨㄚ ㄍㄨㄚ ㄍㄨㄚ ㄍㄨㄚ……」。

突然有一個好大的動物忽地從草裡探出了頭來。

「ㄇㄛ—」。

原來是一頭牛。哇、不得了啦！「ㄍㄨㄚ、ㄍㄨㄚ」地叫著的小青蛙們因爲是頭一次見到牛，所以嚇了一大跳。

撲通撲通地、急急忙忙地、跑回家去了。

「爸爸，不得了啦！大山走過來啦！」

「別瞎說了。山怎麼會走呢?!」

「那麼就是個妖怪。一個好大的妖怪喲！」

「哪裡有什麼妖怪?!」

「好大的身體，頭上有兩只角呢！」

「哈哈哈。我知道啦！那是牛啊！要是牛的話，也沒有那麼大嘛！如果是像牛一般大的話，就是爸爸我也能夠變得了噢！」

「你騙人！」

「我不騙你！」

「那麼，爸爸，你就變成牛那麼大看看吧！」

「嗯，小事一樁。」

青蛙爸爸吸了一口氣把肚子呼地鼓了起來。

「怎麼樣？這、這麼大吧？」

「沒有那麼小啦！」

「那麼，像這麼大吧？」

「嗯！不，還要大、要大得多噢！」

「噢—、那麼，這、這麼大吧？嗯—。」

「還差得遠呢！還要大、還要大，還要大得多噢！」

「噢—、嗯、嗯，怎麼樣？這、這麼大吧？」

青蛙爸爸好像很難過似的。

「還要大、還要大，還要大得多噢！」

「噢—、怎麼樣？像這、這、這麼大吧？嗯、嗯、嗯—。」

青蛙爸爸把肚子鼓得好大好大。

ㄆㄥ—。

唉！可憐哪，青蛙爸爸的肚子最後終於爆炸了。

哈哈哈哈！眞是個笨青蛙啊！各位、希望你們不要自大、逞能勉強噢！

那麼，這個故事就到此結束。

（完）

四、うぐいす姫(上)

美しい歌声

太郎は、川へつりに行きました。

川のきしに腰をおろ①して、糸②をたれ③ました。ちっともつれ④ません。

「もっと、川上⑤へ行ったら、つれるかもしれない。」

太郎はびく⑥をさげ⑦、つりざお⑧を肩にかつ⑨いで、歩いていきました。お日さまは、ぽかぽかと⑩あたたかく、まるで春のさかり⑪のようです。よい気持です。いつのまにか⑫今まで来たことのない所に来てしまいました。

「これは困ったな。ここはいったいどこだろう。」

見まわ⑬していると、どこからか美しい歌声が、聞えてきました。何とも言えないよい声です。そこで、そっちへ歩いていくと、女の子が流れでせんたくをしながら、歌っているのでした。

あたりには、梅の花が咲いていました。よいかおり⑭がいっぱいです。

梅の花は、女の子の歌にききほれ⑮ているようです。

太郎も、うっとりと⑯聞いていました。

女の子はせんたくがおわると、洗ったものをかかえ⑰て、家のほうへ歩きだしました。

その足どり⑱のかろやか⑲なこと。梅の木の間をとんでいくようです。

太郎はあわてて、あとからおいかけ⑳ていきました。

「もしもし、ちょっと待ってください。」

太郎が呼びとめる㉑と、女の子はふりかえ㉒って、

「なにか、ご用ですか。」とききました。

「つりに来て、道に迷㉓って困っているのです。」

太郎はそう言って、

「ここはどこですか。」とたずね㉔ました。

「ここは『梅のさと』という所です。」

梅のさとなんて、きいたことがないなあと、太郎は思いました。たくさん歩いてくたびれ㉕ていたので、頼みました。

「すみませんが、あなたのお家で、少し休ませていただけませんでしょうか。」

「ええ、どうぞ。」

女の子はうなず㉖いて、先にたって歩いていきました。

（おわり）

【注釋】

① 腰をおろす——坐下（詞組）

② 糸——釣魚線（名詞[1]）

③ たれる——使垂下（下一段動詞[2]）

④ つれる——上鈎、釣到（下一段動詞[0]）

⑤ 川上——上游（名詞[0]）

⑥ びく——魚簍（名詞[1]）

⑦ さげる——提（下一段動詞[2]）

⑧ つりざお——釣竿（名詞[0]）

⑨ かつぐ——扛、擔、挑（五段動詞[2]）

⑩ ぽかぽかと——溫暖貌（副詞[1]）

⑪さかり——最盛時期（名詞[0]）

⑫いつのまにか——不知不覺地（副詞[4]）

⑬見（み）まわす——環視、往四處看（五段動詞[3]）

⑭かおり——香氣、芬芳（名詞[0]）

⑮ききほれる——聽得入迷出神（下一段動詞[4]）

⑯うっとりと——出神狀（副詞[3]）

⑰かかえる——抱（下一段動詞[0]）

⑱足（あし）どり——脚步（名詞[0]）

⑲かろやか——輕快、輕鬆（形容動詞[2]）

⑳おいかける——追趕（下一段動詞[4]）

㉑呼（よ）びとめる——叫住（下一段動詞[4]）

㉒ふりかえる——回頭看（五段動詞[3]）

㉓道（みち）に迷（まよ）う——迷路（詞組）

㉔たずねる——詢問（下一段動詞[3]）

㉕くたびれる——疲勞、累（下一段動詞[4]）

㉖うなずく——點頭（五段動詞⓪）

【句型提示】

一、ちっとも＋否定（一點也不……、完全不……）

ちっともつれません。

二、……かもしれません（也許……）

もっと川上へいったら、つれるかもしれない。

三、まるで……ようです（簡直就像……一樣）

まるで春のさかりのようです。

四、今まで……たことがありません（到現在爲止從來沒有……過）

今まで来たことのない所に来てしまいました。

五、何とも＋否定（什麼也不……）

何とも言えないよい声です。

六、……ながら……（一邊……一邊……）

せんたくをしながら、歌っている。

七、……という……（叫做……的……）

ここは「梅のさと」というところです。

八、使役動詞＋て＋いただきます（請你讓我……）

あなたのお家で、少し休ませていただけませんでしょうか。

【譯文】黃鶯公主

美妙的歌聲

太郎去河邊釣魚。

在河岸坐下，放下了魚線。可是完全釣不到魚。

「再到更上游一點的話，也許會釣到。」

太郎就提著魚簍、把魚竿扛在肩上，然後走了過去。太陽暖烘烘的，簡直就像仲春一樣。好舒服。不知不覺地就來到了一個從來沒來過的地方了。

「這下可糟啦！這裡到底是什麼地方呀？」

他往四周一瞧，這時不知道是從哪裡傳來了美妙的歌聲。那是一種怎麼樣也無法用語言來表達的優美的聲音。於是，他就往聲音處走了過去，原來是一位女子正一邊用流水洗著衣服、一邊唱著歌。

周圍開著梅花。芬芳撲鼻。

梅花好像是在聽女子的歌聲，聽得入了迷。

太郎也是聽得出了神。

女子一洗完了衣服，就抱著洗好了的衣服，朝家的方向走了過去。

那脚步好輕快啊！就好像是飛舞似地走過梅樹之間一樣。

太郎急忙地從後面追趕了過去。

「喂、您請等一下！」

「是不是有什麼事呢？」

當太郎一叫住了女子，女子就回過了頭來、

「我來釣魚，現在迷了路，不知該如何是好。」

太郎這麼說著，然後又、

「這裡是什麼地方呀？」這樣地問道。

「這裡是『梅花村』。」

太郎心想，什麼梅花村呀！從來沒有聽說過嘛！可是因爲走了很多的路，有些累了，於是拜託說。

「對不起啊、是不是能讓我在你家稍爲休息一下呢？」

「好、請吧！」

女子點了點頭，就帶頭走了過去。

（完）

五、うぐいす姫（中）

不思議なたんす

女の子は、家にあがると、

「さあ、おし①きなさい。」と太郎にざぶとん②を出してくれました。

家の中まで、梅の花のよいかおりが、ただよ③っていました。

太郎は、きれいな家だなあと、思いました。

女の子は言いました。

「わたしは、町へお使いに行ってきたいと思います。るすばん④をしていただけますか。」

「ええ、いっていらっしゃい。」

「では、お願いします。それでも一つ、お願いがあるのです。」

「何ですか。何でも言ってください。」

「そのたんすのひきだし⑤の中を、どんなことがあっても、あけて見ないでください。約束していただきたいのです。」

「はい、わかりました。けっしてあけて見たりなどしません。」

「では、いってまいります。」

女の子は出かけました。

町までは遠いのか、女の子は、なかなか帰ってきません。太郎はたいくつ⑥してきました。

えんがわ⑦に出てみたり、となりのざしき⑧をのぞいたりしました。

「りっぱなたんすだなあ。あけてはいけないなんて言ったけど、何が入っているのだろう。」

見たくてたまらなくなりました。

「ちょっとぐらいいいだろう。」

太郎は、一番上のひきだしをそっとあけてみました。

「ああっ。」

びっくりして目をまるくしました。

ひきだしの中はいちめん⑨の苗代⑩でした。みどりのいね⑪の苗⑫が、風にそよ⑬いでいました。

「つぎのひきだしは何だろう。」

二だんめ⑭をあけてみました。

すると、今度は、小さな小さなおひゃくしょう⑮さんが五人、いねをうえ⑯ようと、た⑰をたがや⑱していました。

せっせと⑲働いているのでした。

太郎はあまり不思議なので、女の子に約束したことなどすっかり⑳忘れてしまいました。

「つぎは何だろう。」

三だんめのひきだしをあけてみました。

これは見事なあきのたんぼ㉑でした。こがねいろ㉒にみの㉓ったいねのほ㉔が、夕日にかがや㉕いていました。

海のなみのようにゆれ㉖ているのです。

「わあ、すてきだなあ。」

太郎は、手をたた㉗きました。

一本足のかかし㉘がたって、ばんをしています。

「たんぼをあらす㉙ものは、だれでもつかまえてしまうぞ。」とにら㉚んでいました。

太郎は、はっと㉛して気がつきました。

「さあ、たいへんなことをしてしまった。みないとやくそくをしたのに、あけてみてしまった。」

あわててひきだしをしめました。

「どうしたらいいだろう。」

どきどき㉜しながら、ざぶとんの上(うえ)にすわりました。

（おわり）

【注釋】

①しく——塾（五段動詞⓪）

②ざぶとん——坐墊（名詞②）

③ただよう——洋溢、漂蕩（五段動詞③）

④るすばん——看家（名詞⓪）

⑤ひきだし——抽屜（名詞⓪）

※ひきだしをあける（打開抽屜）

※ひきだしをしめる（關上抽屜）

⑥たいくつ——無聊（サ變動詞⓪）

⑦えんがわ——走廊（名詞0）

⑧ざしき——客廳（名詞3）

⑨いちめん——滿、一片（副詞0）

⑩苗代（なわしろ）——秧田（名詞2）

⑪いね——稻（名詞1）

⑫苗（なえ）——苗、稻秧（名詞1）

⑬そよぐ——搖動（五段動詞2）

⑭二（に）だんめ——第二層（名詞4）

⑮ひゃくしょう——農夫（名詞3）

⑯うえる——植、種、栽（下一段動詞0）

⑰た——田（名詞1）

⑱たがやす——耕、耕作（五段動詞3）

⑲せっせと——拚命地、一個勁地（副詞1）

⑳すっかり——完全地（副詞3）

㉑たんぼ——田地、莊稼地（名詞0）

㉒こがねいろ——金黄色（名詞[0]）

㉓みのる——結實、成熟（五段動詞[2]）

㉔ほ——穗（名詞[1]）

㉕かがやく——發光、放光輝（五段動詞[3]）

㉖ゆれる——搖晃、搖動（下一段動詞[0]）

㉗手(て)をたたく——拍手（詞組）

㉘かかし——稻草人（名詞[0]）

㉙あらす——破壞、糟塌（五段動詞[0]）

㉚にらむ——瞪眼（五段動詞[2]）

㉛はっと——突然想起貌（副詞[1]）

㉜どきどき——心撲通撲通地跳動狀（副詞[1]）

【句型提示】

一、……ていただけますか（能請您……嗎）

るすばんをしていただけますか。

二、……ないでください(請不要……)

あけて見ないでください。

三、……たりなどします(……什麼的)

けっしてあけて見たりなどしません。

四、なかなか+否定(怎麼也不……)

女の子は、なかなか帰ってきません。

五、……たり……たりします(表示列舉之意，可譯成「……啦……啦什麼的」)

えんがわに出てみたり、となりのざしきをのぞいたりしました。

六、……てはいけません(不可以……)

あけてはいけない。

七、……てたまりません(……得不得了)

見たくてたまらなくなりました。

【譯文】黄鶯公主

奇怪的櫃子

女子一進到了屋裡，就說道、

「來，請墊著吧！」而拿給了太郎一個坐墊。

梅花的芬芳洋溢到了屋裡面。

太郎心想著，好美的家啊！

女子說道。

「我想要到城裡去辦點事情，能請您幫我看家嗎？」

「好，你去吧！」

「那麼，就拜託您了。我還有一個請求。」

「是什麼呢？什麼都可以您請說吧！」

「不論是發生什麼事情，請你都不要打開那個櫃子的抽屜看。我想要請您答應我。」

「好，我知道了。我絕對不打開來看。」

「那麼，我走了。」

女子出門了。

不知道是不是因爲距離城裡太遠的關係，女子怎麼也不回來。太郎覺得無聊起來了。於是就到走廊上去看看啦、窺視一下隔壁的客廳啦等等。

「眞是一個氣派的櫃子呀！她說不可以打開，可是是什麼東西裝在裡面呢？」

想看得不得了。

「稍爲看一下，沒關係吧！」

太郎就悄悄地打開了最上面的一個抽屜來看。

「哇——！」

他嚇了一大跳，把眼睛睜得圓圓地。

抽屜裡面是一片秧田。綠色的秧苗隨風搖動著。

「下面的抽屜是什麼呢？」

他又打開了第二層來看。

這次是有五個小小的農夫正在耕田，準備要插秧。

他們在拚命地工作著。

太郎因爲覺得很不可思議，所以把和女子約定好了的事情都忘得一乾二淨了。

「下面是什麼呢？」

他又打開了第三層的抽屜來看。

這是一片很美的秋季田地。金黃色的稻穗正在夕陽裡放著光芒。

它們像海浪一樣地波動著。

「哇、眞美！」

太郎拍手叫道。

獨脚的稻草人站在那裡，守著田地。

「破壞田地的人，不論是誰，我都會抓喲！」這樣地瞪著眼睛。

太郎突然地注意到了。

「啊、我做了不得了的事了。我約定好不看的，卻打開來看了。」

他緊緊張張地關上了抽屜。

「怎麼辦才好呢？」

心裡不安地又坐到了坐墊上。

（完）

六、うぐいす姫(下)

ゆめ

女の子が、

「ただいま。」と言って、帰ってきました。

「長いこと、おるすばんをしていただいて、ありがとうございました。」

「いいえ、そんなに長いことはありませんでした。」

太郎は、まごまご①しながら言いました。

女の子は、急に顔色②をかえました。

「まあ、あなたはひどいひとですね。あなたは約束をやぶ③りました。けっして見ないと言いながら、あのたんすのひきだしをあけて、中を見ましたね。」

女の子は、とてもとてもかなしそうな顔で、太郎をみつめ④ました。そして、両手を顔にあてて泣きだしました。

太郎は、まっか⑤になってあやま⑥りました。

「ちょっと見ただけなんです。ごめんなさい。どうかゆる⑦してください。」

太郎が、いくらあやまっても、女の子はだま⑧ってしくしく⑨と泣いていました。

「ひみつのたんすを見られてしまったから、もう、ここにはいられません。」

そう言うと、家のそとへかけだしました。太郎はおいかけていきました。

ところが、女の子のすがたは消えて、一わ⑩の可愛いうぐいす⑪になりました。

「ほうほけきょ、ほうほけきょ。」と、なきながら、梅の林⑫の上を、遠くの空へ飛んでいってしまいました。

「ああ、飛んでいってしまった。」

太郎は、ぽかん⑬と見おく⑭っていました。すると、

「ほうほけきょ、ほうほけきょ。」

耳もとで聞こえました。

太郎は、どこにいるのか見ようとしたら、目がさめ⑮ました。

つりいと⑯をたれたまま、ねむ⑰っていたのでした。そばの梅のえだで、うぐいすがよい声でないていました。

「ああ、ゆめか。」

太郎(たろう)は、のび⑱をしました。

あたたかなお日(ひ)さまが、まぶし⑲くひか⑳っていました。

（おわり）

【注釋】

①まごまご——慌張地（副詞[1]）

②顔色(かおいろ)——臉色（名詞[0]）

③やぶる——破壞（五段動詞[2]）

④みつめる——凝視、注視（下一段動詞[3]）

⑤まっか——通紅（形容動詞[3]）

⑥あやまる——道歉（五段動詞[3]）

⑦ゆるす——原諒（五段動詞[2]）

⑧だまる——不講話、不作聲（五段動詞[2]）

⑨しくしく——抽搭狀（副詞[2]）

⑩一(いち)わ——一隻（名詞[2]）

⑪うぐいす——黃鶯（名詞[2]）

⑫林（はやし）——樹林（名詞[3]）

⑬ぽかん——發呆貌（副詞[0]）

⑭見（み）おくる——目送（五段動詞[3]）

⑮目（め）がさめる——睡醒（詞組）

⑯つりいと——釣線（名詞[3]）

⑰ねむる——睡覺（五段動詞[0]）

⑱のび——伸懶腰（名詞[2]）

⑲まぶしい——耀眼的、刺眼的（形容詞[3]）

⑳ひかる——發光、發亮（五段動詞[2]）

【句型提示】

一、けっして＋否定（決不……）

けっして見ない。

二、どうか……てください（請……）

どうかゆるしてください。

三、いくら……ても……（再怎麼……也……）

太郎がいくらあやまっても、女の子はだまってしくしくとないていました。

四、意向形＋としたら……（正要……時……）

太郎は、どこにいるのか見ようとしたら、目がさめました。

【譯文】黄鶯公主

女子、　　　夢

「我回來了。」這麼說著，回來了。

「讓您幫我看了這麼久的家，謝謝您。」

「不，並、並沒有多久。」

太郎慌張地說道。

女子突然變了臉色。

「啊、你眞是一個過分的人。你破壞了約定。雖然說了絕對不看，卻打開了那櫃子的抽屜，看了裡面。」

女子好難過好難過似地凝視著太郎。然後，把兩手捂住臉哭了起來。

太郎滿臉通紅地道歉。

「我只稍為看了一下而已。對不起，請你原諒我。」

不論太郎怎麼道歉，女子還是不作聲，而抽搭地哭泣著。

「因為秘密的櫃子被偷看了，所以我再也不能待在這裡了。」

這麼說著，而朝門外跑了出去。太郎追了過去。

可是，女子的身影消失了，變成了一隻可愛的黃鶯。

「ㄎㄨㄛ　ㄎㄨㄛ、ㄎㄨㄛ　ㄎㄨㄛ。」

它一邊叫著，一邊經過了梅樹林的上方，而飛向了遙遠的天空。

「啊、飛掉了。」

太郎呆呆地目送著。這時、

「ㄎㄨㄛ　ㄎㄨㄛ、ㄎㄨㄛ　ㄎㄨㄛ。」

在耳邊聽到了這叫聲。

太郎正要看，看黃鶯在哪裡，就醒來了。

原來是還垂著釣線，就睡著了。在旁邊的梅樹枝上，有一隻黃鶯正以優美的聲音在叫著。

「啊、原來是做夢啊！」

太郎伸了伸懶腰。

溫暖的太陽刺眼地放著光芒。

（完）

七、鬼ろくの話

さあさあ、みなさん、お話をしましょうか。何にしましょうかなあ。そう、鬼ろくのお話をしましょう。とっても愉快ですよ。

昔、ある所に、大きな川がありました。とっても流れ②が急で、橋をかける③ことができません。その辺の人たちは、大変困っておりました。

「なんでも、すばらしく腕④のいい大工さん⑤がいるそうです。あの人なら、きっと、わけなく⑥橋をかけてくれますよ。」

みんなで相談して、その大工さんの所へ、頼みに行きました。

「だいくさん、大工さん、お願いです。どうか、あの川に橋をかけてくださいよ。」

大工さんは、よく知らないので、

「はい、はい。」

と気楽⑦に承知⑧して、さっそく川へでかけました。

川岸⑨に立って、大工さんはびっくりしました。

「しまった。こりゃあ、うっかり⑩、とんだ⑪仕事を引受け⑫てしまったわい。」

その川の大きいこと。川幅は、むこう岸の人が見えないくらい広く、青い水は、どれほど深いか分かりません。

「ううむ。」

さすがの大工さんも、腕を組んで、考え込⑬んでしまいました。

すると、その時……。

　ぶくぶく⑭、ぶくぶく――。

川の底から、おっかしな泡⑮が浮んできました。

はてな、と、首をかしげ⑯ていると、ザーッ⑰、ぶるぶるぶる⑱。

激しく水をはねとば⑲して、浮び上が⑳ってきたのは……。

口は耳の辺まで裂け㉑て、額にはにょっきり㉒二本の角。大きな鬼の頭です。

「大工、だいく。お前は、ここに橋をかけたいじゃろ㉓。」

「は、はい、さようで㉔……。」

「じゃ、ひとつ㉕、この鬼のおれさま㉖がかけてやろうかい。」

「本当ですか。そりゃあ、ありがたい。ぜひ、そうお願いしたいもんで……。」

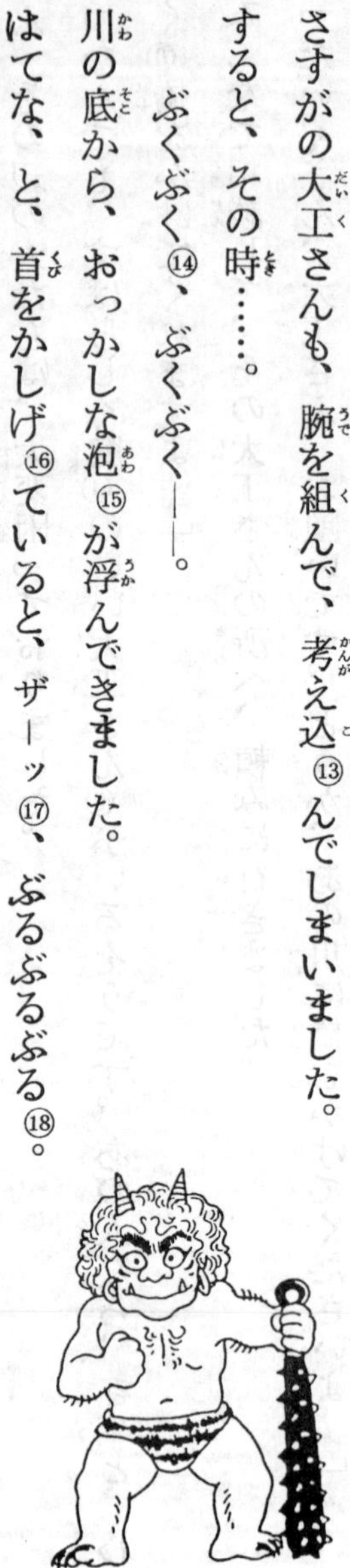

「よしよし。その代り、お礼をもらうぞ。いいかな。」

「はいはい、わたしの持っている物でしたら、なんでも……。」

「うう、そうだな。じゃあ、お前の目玉㉗でももらうか。」

「えっ、こ、このわたしの目玉でございますか。」

「そうじゃ。だが、お前にも大切な目玉だろうから、もし、わしの名前を言い当て㉘たら、かんべん㉙してやろう。じゃ、約束したぞ。」

そう言うと、鬼は、水の底深く沈㉚んでしまいました。

さて、あくる㉛朝です。あんな約束はしたけれど、川に橋はかかったろうか。掛かっていなくても困るし、掛かっていたら、この目玉を取られるし……。そう思いながら、大工さんが川へやってくると——。

これはこれは㉜、まるで夢かと思うばかりにりっぱな橋が、向こう岸まで、ずうっと掛かっているではありませんか。

「ありがたい。鬼はやっぱり、うそをつ㉝かなかったな。だが、そうなると……。」

大工さんが、思わず目玉を押え㉞て、一人言㉟を言った時でした。橋の下の水の上に、ぽっかり㊱、鬼の頭が浮んできました。

「大工、大工。約束どおり、目玉をもらうぞ。」

「は、はいはい。……はあ、そのう、ええと、一日だけ待ってください。きっと、あなたの名前を当てて見せますから。」

「うわっはっはっはっはあ。人間にわしの名前が分かるもんか。まあ、いい。一日だけ待ってやろう。」

鬼はそう言って、また、水の底へ沈んでいきました。

大工さんは困りました。困り困って㊲、山の方に歩いていきました。歩いても歩いても、いい考えは浮んできません。ふと㊳、気がつく㊴と、もう大変な山奥㊵に来ていました。

「はあて、よわったな。道に迷㊶ったらしいぞ。」

「おや。」

どこからか、子供の声が聞えてきました。不思議に思って、木の間からのぞ㊷いて見ると、おやおや、それは、額に角のある鬼の子供たちです。みんなで歌を歌っています。

みなさんも、ちょっと聞いてみませんか。

おにろく、おにろく、おにろくさん、
はやくめだまをもってこい。

だいくのめだまをもってこい。
はしのおれいをもってこい。
おにろく、おにろく、おにろくさん。

「しめたっ。」

大工さんは、夢中で山を駆け降り㊸て、村へ帰りました。

あくる日のことです。大工さんが橋のところで待っていると、また、ぽっかり、鬼の頭が浮んできました。

「うふふふふ㊹。どうじゃな㊺、大工。わしの名が分かったかい。」

「そ、それが中中分からないんで……。かわおに……ですか。」

「違う、ちがう。」

「じゃあ、みずおにで……。」

「ふふふ、だめだめ。」

「おおくびおに……。」

「違うぞ、違うぞ。さあ、そろそろ目玉をもらうかな。」

そう言って、鬼が手を伸ば㊻した時——。

大工さんは、力いっぱい、大きな声で叫びました。

「おにろく。」

「くううっ。」

――その瞬間、鬼の頭は、ぽこっと、水の中に消えて、あとには一つ、大きな泡だけが残りました。が、それもすぐにぽっと消えてしまったということです。

めでたし、めでたし。

（おわり）

【注釋】

①鬼ろく――鬼的名字（名詞）

②流れ――水流（名詞③）

③橋をかける――架橋（詞組）

④腕――本事、技能（名詞②）

⑤大工さん――木工先生（名詞①）

⑥わけなく――輕鬆、容易（副詞形慣用語）

⑦気楽(きらく)——輕鬆(形容動詞0)
⑧承知(しょうち)する——答應(サ變動詞0)
⑨川岸(かわぎし)——河邊(名詞0)
⑩うっかり——不小心(副詞3)
⑪とんだ——萬沒想到的(連體詞0)
⑫引受(ひきう)ける——接受(下一段動詞4)
⑬考(かんが)え込む——沉思(五段動詞5)
⑭ぶくぶく——形容水等冒泡的聲音(擬聲語1)
⑮泡(あわ)——水泡(名詞2)
⑯かしげる——歪、使……傾斜(下一段動詞3)
⑰ザーッ——形容水聲(擬聲語)
⑱ぶるぶる——抖動身體狀(擬態語1)
⑲はねとばす——甩起(五段動詞4)
⑳浮(うか)び上(あ)がる——浮起來、浮上來(五段動詞5)
㉑裂(さ)ける——裂開(下一段動詞2)

㉒にょっきり——直直地豎立狀（擬態語[3]）

㉓橋をかけたいじゃろ——「じゃろ」是老人用語，是「だろう」之意（詞組）

㉔さようで——完整句是「さようでございます」，此乃「そうです」的舊式說法（詞組）

㉕ひとつ——稍為（副詞[2]）

㉖おれさま——老子我（名詞[0]）

㉗目玉——眼珠子（名詞[3]）

㉘言い当てる——說對、猜中（下一段動詞[4]）

㉙かんべんする——原諒（サ變動詞[1]）

㉚沈む——下沈（五段動詞[0]）

㉛あくる——特定時間的第二（連體詞[0]）

㉜これはこれは——唉呀呀（感嘆詞[0]）

㉝うそをつく——撒謊、騙人（詞組）

㉞押える——按、壓（下一段動詞[3]）

㉟一人言——自言自語（名詞[4]）

㊱ぽっかり——漂浮貌（副詞[3]）

㊲困(こま)り困(こま)って——傷腦筋啊傷腦筋(詞組)
㊳ふと——忽然(副詞[0])
㊴気(き)がつく——注意(詞組)
㊵山奥(やまおく)——深山裡(名詞[3])
㊶道(みち)に迷(まよ)う——迷路(詞組)
㊷のぞく——窺視(五段動詞[0])
㊸山(やま)を駆(か)け降(お)りる——跑下山(詞組)
㊹うふふふ——表示冷笑聲(擬聲語)
㊺どうじゃな——「じゃ」是老人用語,是「だ」之意(詞組)
㊻手(て)を伸(の)ばす——伸手(詞組)

【句型提示】

一、……ことができます(能夠……)
　　流れが急で、橋をかけることができません。

二、どうか……てください(請……)

どうか、あの川に橋をかけてください。

三、さすがの……も……（就連……也……）

さすがの大工さんも、腕を組んで、考え込んでしまいました。

四、……し……し……（表示並列兩個以上的事實）

かかっていなくても困るし、かかっていたら、この目玉を取られるし……。

五、……ても……ても＋否定（無論怎麼……怎麼……也不……）

歩いても歩いても、いい考えは浮んできません。

六、中中（なかなか）＋否定（怎麼也不……）

中中分からないんで……。

【譯文】鬼六的故事

來、來，各位，要不要我來講個故事呢？講個什麼呢？好，講個鬼六的故事吧！很好聽喲！

從前，在一個地方有一條很大的河流。因爲水流很急，所以沒有辦法架橋。那一帶的人們非常傷腦筋。

「聽說有一位手藝高明的木匠師傅。如果是他的話，一定能毫不費力地幫我們架橋喲！」

大家商量好之後，就到那位木匠師傅那裡去拜託他了。

「木匠師傅、木匠師傅，拜託一下，請在那條河上架一座橋吧！」

木匠師傅因爲不太了解，所以就、

「好的、好的。」

輕鬆地答應，然後立刻就到那條河那裡去了。

站在河邊，木匠師傅嚇了一跳。

「糟啦！這下子不小心接下了這件怎麼也沒有想到的工作啦！」

這條河好大呀！河流的寬度寬到甚至看不到對岸的人的程度，藍藍的河水也不知道有多深。

「噢—。」

連木匠師傅也抱著胳臂陷入沉思了。

就在這個時候、

《ㄨ　ㄌㄨ、《ㄨ　ㄌㄨ……。

從河底冒起來了一種奇怪的水泡。

怎麼回事呢？木匠師傅正歪著頭覺得奇怪，這時「ㄓㄚ」地一聲、一個東西抖動著身體、它激烈地甩著水，從河裡浮了起來，它是——、它的嘴巴一直裂到耳朵根，額頭上有著直直的兩只角。原來是一個好大的鬼頭。

「木匠、木匠，你是想在這裡架橋吧?!」

「是、是、是的……。」

「那麼，要不要鬼老爺我幫你架一座呀？」

「眞的嗎？那太好啦！那我就拜託您啦……。」

「好的、好的。可是我要謝禮作爲報酬喲！可以嗎？」

「好、好。只要是我有的東西，什麼都……。」

「噢、是嗎？那麼，我就要你的眼珠子吧！」

「咦、要我、我的眼珠子嗎？」

「沒錯！可是，對你來說，眼珠子也是很重要的吧！所以如果你能猜中我的名字的話，我就饒了你。那我們就說定囉！」

說著，鬼就深深地沉到水底了。

到了第二天早晨。雖然是那樣地約定好了，可是在河上面橋到底是架了沒有呢？沒有架也傷腦筋，架了的話，這眼珠子又會被拿走……。一邊這麼想著，木匠師傅一邊來到了河流這裡，這時、唉呀呀！簡直是讓人以為是在做夢一般，那不是有一座很棒的橋一直通到對岸嗎？

「太好啦！鬼果然沒有說謊話呀！可是，這麼一來……。」

木匠師傅不知不覺地就捂著自己的眼睛自言自語了起來。就在這個時候，在橋下的水上，有一個鬼頭浮了出來。

「木匠、木匠，按照約定，我要拿眼珠子囉！」

「是、是的。……這、這個、嗯、請你寬限我一天。我一定會猜中你的名字的。」

「哇哈哈哈哈。人類怎麼會知道我的名字呢？啊、好吧！我就寬限你一天吧！」

鬼這麼說著又沉到水底去了。

木匠師傅很傷腦筋。傷腦筋啊傷腦筋地就朝著山裡走了過去。怎麼走怎麼走也想不出一個好辦法來。忽然、一注意到時，已經來到了一個很深很深的深山裡了。

「咦？這怎麼辦啊?!好像是迷路了啊！」

「哎呀！」

不知道是從哪裡傳來了小孩子的聲音。木匠師傅覺得很奇怪，就從樹木中間偷看，哎呀呀！原來是額頭上長角的鬼的小孩們。大家正在唱著歌。

各位也來聽一聽看吧？

鬼六、鬼六、鬼六爺，

快把眼珠子拿來。

把木匠的眼珠子拿來。

把架橋的謝禮拿來。

鬼六、鬼六、鬼六爺。

「太棒啦！」

木匠師傅拼命地跑下山去，回到了村子裡。

第二天早晨。木匠師傅在橋那裡等著，這時一個鬼頭又冒了出來。

「嘿嘿嘿嘿嘿！怎麼樣啊？木匠，知道我的名字了嗎？」

「這、這實在是很難知道……。是……河鬼嗎？」

「不對！不對！」

「那麼，是……水鬼？」

「嘿嘿嘿！不行不行！」

「大頭鬼……？」

「不對喲！不對喲！好，我該來拿眼珠子了吧？」

說著，鬼就伸出了手。這時、木匠師傅使勁地大聲叫道：

「鬼六！」

「噢——！」

——說時遲那時快，鬼頭「ㄆㄨ」地一聲就消失在水裡了，剩下的只是一個大水泡而已。而這個水泡也是立刻地就消失了。

圓滿大吉可喜可賀。

（完）

八、蟻と鳩

つぎは、「ありとはと」のお話。

「ああ、のどがからから②だ。お日さまがかんかん③照付けるんで、食べ物を捜して歩くのも楽じゃないよ。あっ、しめた④。あそこに池があるぞ。」

ありが、汗をかきかき⑤、池の側にやってきました。

ゴックン⑥、ゴックン。

「ああ、おいしい。」

ありは夢中⑦になって、池の水を飲みました。

ポチャーン⑧。

「ああ、助けてえ。」

ありはすべ⑨って、池の中へおっこち⑩ました。

あっぷっぷっぷっ⑪。

「たすけてくれえ。」

ありは水をがぶがぶ⑫飲んで、おぼれそうになりました。

その時でした。あれえ、これは不思議。一枚の木の葉⑬が、ひらひらひらっと舞い落ちてきて、ありの目の前に浮びました。

「ああ、よかった。たすかった。」

ありは、木の葉の船に乗りました。


クー、クー、クー。


「よかったね、あり君。」

はとが、木の上から、ありに助け船⑭の木の葉を落したんです。

ありは、木の葉の船に乗って、風に吹かれて、池の岸に着きました。

「はとさん、どうもありがとう。おかげで助かりました。」

ありは、岸の草わら⑮を歩いていきました。

ありが歩いていくと、やぶの蔭になにか見えました。

ありはどきっと⑯しました。

猟師です。りょうしが鉄砲で、木の上のはとをねら⑰っているのです。

「あっ、はとさんが打たれる。はとさん、危なあい。」

ありは、りょうしの足にがぶりっとかみつきました。

　ドカーン⑱。

「あいたた⑲、たたたた、たたっ。」

鉄砲は、ねらいがはずれ⑳て、はとは、ぱあっと飛び立ちました。

「ありがとう、ありさあん、又会いましょうね。」

　バタバタ㉑

「さようならあ、はとさあん。」

ありは、だんだん小さくなっていくはとの姿を、いつまでもいつまでも見送㉒っていました。

ありとはとのように、みなさんも、みんな仲良く助け合㉓いましょうね。

イソップおじさんのお話、これでおしまい。

（おわり）

【注釋】

①鳩――鴿子（名詞①）

※燕（燕子⓪）　※鷹（老鷹⓪）

※鷗(かもめ)（海鷗0）　※ひばり（雲雀0）

※烏(からす)（烏鴉1）　※カナリヤ（金絲雀0）

※鶯(うぐいす)（黃鶯2）　※いんこ（鸚哥1）

②からから――形容乾渴（副詞1）

③かんかん――形容陽光強烈（副詞1）

④しめた――形容恰合心願、太棒啦（感嘆詞1）

⑤汗(あせ)をかきかき――一直流汗、一直流汗地（詞組）

⑥ゴックン――形容吞食東西聲（擬聲語）

⑦夢中(むちゅう)――拼命的、專心的（形容動詞0）

⑧ポチャーン――形容東西落水聲（擬聲語）

⑨すべる――滑（五段動詞2）

⑩おっこちる――掉落（上一段動詞4）

⑪あっぷっぷっぷっ――形容溺水者喝水狀（擬態語）

⑫がぶがぶ――形容咕嚕咕嚕大口喝狀（擬態語1）

⑬木(こ)の葉(は)――樹葉（名詞1）

⑭助け船——救生船（名詞[4]）
⑮草わら——草原（名詞[0]）
⑯どきっと——形容遇到意外而心驚肉跳狀（擬態語）
⑰ねらう——瞄準（五段動詞[0]）
⑱ドカーン——形容槍聲（擬聲語）
⑲あいたた、……——哎喲痛痛痛……（詞組）
⑳はずれる——落空、不中（下一段動詞[0]）
㉑バタバタ——鳥類展翅聲（擬聲語[1]）
㉒見送る——送行、靜觀（五段動詞[3]）
㉓助け合う——互相幫助（五段動詞[4]）
※ほめ合う（互相誇獎[3]）
※なぐり合う（互相毆打[4]）
※励まし合う（互相勉勵[5]）
※憎み合う（互相憎恨[4]）

【句型提示】

一、……に……があります（在……有……）

あそこに池があるぞ。

二、夢中になって……（不顧一切地……）

夢中になって、池の水を飲みました。

三、動詞連用形＋合います（互相……）

みんな仲良く助け合いましょうね。

【譯文】　螞蟻和鴿子

接下來是「螞蟻和鴿子」的故事。

「啊—！口好渴啊！太陽火辣辣地照，要走路找食物也還眞辛苦啊！啊、太棒啦！那裡有個池塘哪！」

螞蟻汗流浹背地來到了池塘邊。

「噢—、眞好喝！」ㄍㄨ　ㄌㄨ、ㄍㄨ　ㄌㄨ（地喝水）

螞蟻不顧一切地喝著池水。

ㄆㄨ ㄊㄨㄥ（地落水）

「啊、救命呀！」

螞蟻一滑，就掉到池塘裡了。

ㄍㄨ ㄌㄨ、ㄍㄨ ㄌㄨ、ㄍㄨ ㄌㄨ。

「救命呀！」

螞蟻大口大口地喝水，眼看就要淹死了。

就在這個時候。咦？這可怪了。有一片樹葉飄搖地落了下來，剛好浮在螞蟻的眼前。

「啊、太好了！我得救了。」

螞蟻就上了樹葉小舟。

ㄍㄨ、ㄍㄨ、ㄍㄨ（地叫著）

「還好吧？螞蟻老弟。」

原來是一隻鴿子幫螞蟻從樹上扔下了一艘樹葉救生船。

螞蟻坐上了樹葉船，被風吹到了池塘邊。

「鴿子大哥、多謝你啦！都是因為你我才得救了。」

螞蟻在岸邊的草原上爬了過去。
螞蟻剛一爬過去，就看到樹叢後面有一個什麼東西。
螞蟻嚇得心裡撲通撲通地跳。
原來是個獵人。是獵人正用槍瞄準著樹上的鴿子。
「哎呀！鴿子大哥要被打了。鴿子大哥，危險呀！」
螞蟻一大口咬了獵人的腳。
ㄅㄧㄤ（地一聲槍聲）
「哎喲痛痛痛痛痛……。」
槍瞄偏了沒打中，鴿子叭地就飛了起來。
「謝謝！螞蟻老弟，再見囉！」
ㄆㄚ　ㄉㄚ、ㄆㄚ　ㄉㄚ（地展翅飛走）
「再見啦！鴿子大哥。」
螞蟻一直靜靜地目送著漸漸變小的鴿子身影。
你們大家也要像螞蟻和鴿子一樣，大家友好地互相幫助噢！
伊索叔叔的故事到此結束。

（完）

九、羊飼と狼

つぎは、「ひつじかいとおおかみ①」のお話。

みなさん、みなさんは、「羊飼」って知っていますか。ひつじかいっていうのは羊の番をする②人のことです。

山の森の近くの野原で、子供の羊飼が、羊の番をしていました。

メー、メーメーメーメー……。

「あああ、つまらないなあ。羊ばかり相手じゃ、退屈でしょうがないよ。何かおもしろいこと、ないかなあ。ええと、あっ、そうだ。よし、いたずら③をしてやれ。」

子どもは、悪いことを考えました。

ひつじかいは、山から下の畑④の見える所に行って、大きな声で言いました。

「おおかみが来たあ。おおかみが来たあ。たすけてえ。」

「なに、おおかみだって。」

「ようし、たすけに行くぞう。」

畑で働いていた村の人たちは、びっくりして、鍬⑤や鎌⑥を持って駆付け⑦ました。

「おう、おおかみはどうした。」

「ええっ、ぼうや⑧、大丈夫か。」

来てみると、羊がのんびり⑨草を食べているばかりです。

「こらあ、だま⑩したな。」

「へへへっ。今のはうそだよう。」

みんなぷりぷり⑪怒⑫って、畑へ帰っていきました。

子どもは、うまくみんなをだましたので、おもしろくてたまりません。

それから、何度も、

「おおかみが来たあ。おおかみが来たあ。」

と、うそをつ⑬いて、村の人の仕事の邪魔をしました。

今日も、子どものひつじかいは、いつものように⑭羊の番をしていました。すると……。

　ウォー―。

おおかみが本当にやってきたのです。

おおかみは、きば⑮をむきだ⑯して、だんだん近付⑰いてきました。

「うわあ、大変だあ。」

子どもは、真青になりました。

「おおかみが来たあ。」

夢中で、いつもより⑱大きな声で叫び⑲ましたが、村の人たちは、

「また、羊飼がうそをついている。」

と言って、誰ひとり助けに来てくれませんでした。

本当に、うそをつくものじゃありませんね。子どもの羊飼は、どうなったでしょう。じゃ、これでおしまい。

（おわり）

【注釋】

①狼——狼（名詞[1]）

※羊（綿羊[0]）　※驢馬（驢子[1]）　※熊（熊[2]）　※虎（老虎[0]）　※馬（馬[2]）

※豹（豹子[1]）　※牛（牛[0]）　※駱駝（駱駝[0]）　※パンダ（猫熊[1]）

※象（大象[1]）　※猴（猴子[1]）　※山羊（山羊[1]）

②番をする——看守（詞組）

③いたずら——淘氣、惡作劇（名詞[0]）

④畑——旱田（名詞[0]）

⑤鍬——鋤頭（名詞[0]）

⑥鎌——鐮刀（名詞[1]）

⑦駆付ける——急忙跑去、急忙跑來（下一段動詞[4]）

⑧ぼうや——小男孩（名詞[1]）

⑨のんびり——無拘無束逍遙自在地（副詞[3]）

⑩だます——欺騙（五段動詞[2]）

⑪ぷりぷり——發怒貌（副詞[1]）

⑫怒る——生氣（五段動詞[2]）

⑬うそをつく——騙人、撒謊（詞組）

⑭いつものように——和往常一樣地（詞組）

⑮きば——肉食動物的虎牙（名詞[1]）

⑯むきだす——露出（五段動詞3）
⑰近付く（ちかづく）——靠近、挨近（五段動詞0）
⑱いつもより——比往常更（詞組）
⑲叫ぶ（さけぶ）——喊叫（五段動詞2）

【句型提示】

一、……っていうのは……人のことです（所謂的……指的就是……的人）
ひつじかいっていうのは、羊の番をする人のことです。

二、……てしようがありません（……得不得了）
羊ばかり相手じゃ、退屈でしようがないよ。

三、……ないかなあ（如果……該多好）
何かおもしろいこと、ないかなあ。

四、なに……って（什麼？你說……？）
なに、おおかみだって。

五、……てたまりません（……得不得了）

おもしろくてたまりません。

六、……の邪魔をします（妨礙……）

村の人の仕事の邪魔をしました。

七、いつものように……（和往常一樣地……）

いつものように羊の番をしていました。

八、誰ひとり＋否定（誰都不……）

誰ひとり助けに来てくれませんでした。

九、……ものじゃありません（不要……）

本当に、うそをつくものじゃありませんね。

【譯文】牧童和狼

接下來是「牧童和狼」的故事。

各位、你們知道所謂的牧童是什麼嗎?所謂的牧童指的就是放羊的人。

從前在山上樹林附近的野地上有一個小牧童在放羊。

ㄇㄧㄝ、ㄇㄧㄝ、ㄇㄧㄝ……。

「唉—、眞沒意思啊！只有羊作伴，眞是無聊死了。如果有什麼好玩的事該多好啊！嗯—、啊、有了！好、我就來惡作劇一下吧！」

小孩子想了一個壞主意。

小牧童從山上下來，走到了一個能夠看到山下旱田的地方，然後大聲叫道：

「狼來啦！狼來啦！救命啊！」

「什麼!?是狼啊？」

「好！我們來救你囉！」

在旱田裡工作的村民們都嚇了一跳，拿著鋤頭啦鐮刀急忙地跑了過去。

「喂、狼怎麼啦？」

「嗳、小男孩、沒事吧？」

過來一看，只有羊在悠閒自在地吃著草而已。

「喂、你是在騙人哪！」

「嘿嘿嘿、我剛才是騙你們的啦！」

大家都氣衝衝地回到了田裡去。

小孩子因爲巧妙地騙了大家，所以覺得好玩得很。

以後又好幾次地、

「狼來啦！狼來啦！」

地叫著騙人，來妨碍村民們的工作。

有這麼一天，小牧童和往常一樣地在放著羊。突然間——、

ㄨㄛ（的叫聲）

狼眞的來了。狼張著獠牙慢慢地挨近過來了。

「哇—、不得了啦！」

小孩子臉色發靑。

「狼來啦！」

「狼來啦！」

他拼命地、用比往常更大的聲音叫著，可是村民們說、

「小牧童又在騙人了。」

誰也沒有來救他。

眞的是不能騙人啊！小牧童怎麼樣了呢？

那麼、故事就到此結束。

（完）

十、裸の王様

はだか①のおうさま、わあいわい。
どうして、どうして、はだかなの。
そ、そ、そのわけ②聞いたらね、
ふふふ、ほほほ、わっはっは。

さあさあ、これから「はだかの王さま」のお話、――始まり、始まり。

昔むかし③、あるところに、それはそれは④おしゃれ⑤な王さまがおりました。王さまは新しい服を作るのが大好き。服ができると、すぐ着て、みんなに見せびらか⑥して、得意になっていました。

ある日のこと、二人のうそつき⑦が、王さまのところへやってきました。

「ええ、王さま、おうさま。わたしたちは、世界で一番美しい布を織る職人⑧でございます。」

「色やがら⑨が美しいだけではございません。その布で服を作れば、あらふしぎ⑩……。悪者やばかものには、その美しい服が見えないのでございます。」

「ほほう。」

王さまは、すっかり⑪気に入⑫りました。

「ああ、それはいい。そういう服を着れば、家来⑬たちの中に悪者がいるかどうか、すぐわかるというものじゃ。それから、ばかものもすぐわかる。うん、これはすてき⑭じゃ。よろしい。さっそく作ってもらうとしよう。」

「しめた。うまくい⑮ったぞ。」

二人は、布を織る機械に向かって、夜おそくまで、一生懸命に働くふりをしました。

　カッタン、コットン⑯。カッタン、コットン。

あれ⑰、二人は、布を織るのに使いますからと言って、りっぱな絹や、金の糸を王さまからたくさんいただいたのに、それは、みんな自分のかばんの中にしまいこ⑱んでしまって、なんにもなしで機械に向かって、布を織るまねをしています。ずるい⑲ですねえ。

「どうじゃ。布は、どれぐらいで出来上がる⑳か、尋ねてまいれ。」

待ち切れな㉑くなって、王さまは、大臣を二人のところへおつかわしになりました。

「へっへっへ、どうか神さま、わたしにあの布が見えますように。」

正直者㉒の大臣はびくびく㉓しながら、二人の仕事場へはいっていきました。

カッタン、コットン。カッタン、コットン。

「やや、ややっ……。なんにも見えないぞ。」

大臣はおおあわて㉔。何度も㉕目をこす㉖りましたが、やっぱり見えません。

「ううむ、よわった。でも、見えないなんていったら、それこそ大変だ。悪者と思われてしまう。」

「ええ、いかがでございましょう、この布は。」

「おお、見事㉗みごと。がらといい、色合㉘といい、すばらしい。さっそく王さまにお知らせしよう。」

それを聞いて、王さまは大喜びです。

「おお、出来たか。うんうん。すばらしい出来ばえ㉙だというのだな。では、さっそくわしも見に行くとしよう。」

王さまは、大喜びで、大臣をつれて、うそつきたちの所へいらっしゃいました。

カッタン、コットン。カッタン、コットン。

「お、こ、こりゃどうじゃ。なんにも見えんぞ。うふう。」

王さまは、心の中でおおあわて。でも、うわべ㉚は落ち着き払㉛って、

「ううむ。うう、すばらしいできばえじゃ。ああ、さっそくこれで新しい服を作り、今度の行列㉜に着るとしよう。」

ごほうび㉝のお金をたんまり㉞もらって、うそつきたちは、一生懸命に服をぬうまねをしました。

さあ、いよいよ、今日は、王さまの行列の御出座し㉟の日です。朝早くから、お城㊱の前には、王さまの新しい服を一目でも見たいという人でいっぱいになりました。

町の通りも、建物の窓も、見物の人でいっぱいです。

お城の門がギイーッと㊲あいて、王さまは、きらびやか㊳な行列を従え㊴、しずしずと㊵出ていらっしゃいました。

「あれあれ、あれえ。」

見物の人たちは、みんなあっと驚㊶きました。だって㊷、王さまはなんにも着ていらっしゃらないのですから。

だれにも、王さまの新しい服は見えません。あたりまえですね、なんにもないのですから。

でも、そんな事は、誰も言えません。ばかものか悪者と思われたら大変です。

「ううん、これはすばらしい㊸。」

「王さま万歳、ごりっぱ㊹です。」

「すてきな服ですこと㊺。」

王さまの行列は進みました。

すると、突然、小さな子供が前へ飛び出㊻してきて、王さまを指差㊼して言いました。

「わあい。王さまは裸だあい。なんにも着てやしないよう。」

「そうだ、王さまは裸だ。」

「なんにも着ていらっしゃらない。」

「子供の言うとおりだ。」

見物の人たちは、わいわいさわぎだ㊽しました。

王さまの耳にも、そのさわぎが聞えました。

でも、いまさら㊾行列をやめる㊿わけにはいきません。

王さまは、裸のままで、威張㊿って歩いていきました。

はだかの王さま、わあいわあい。

はだかのくせに大威張。

お、お、お臍ものぞいてる。

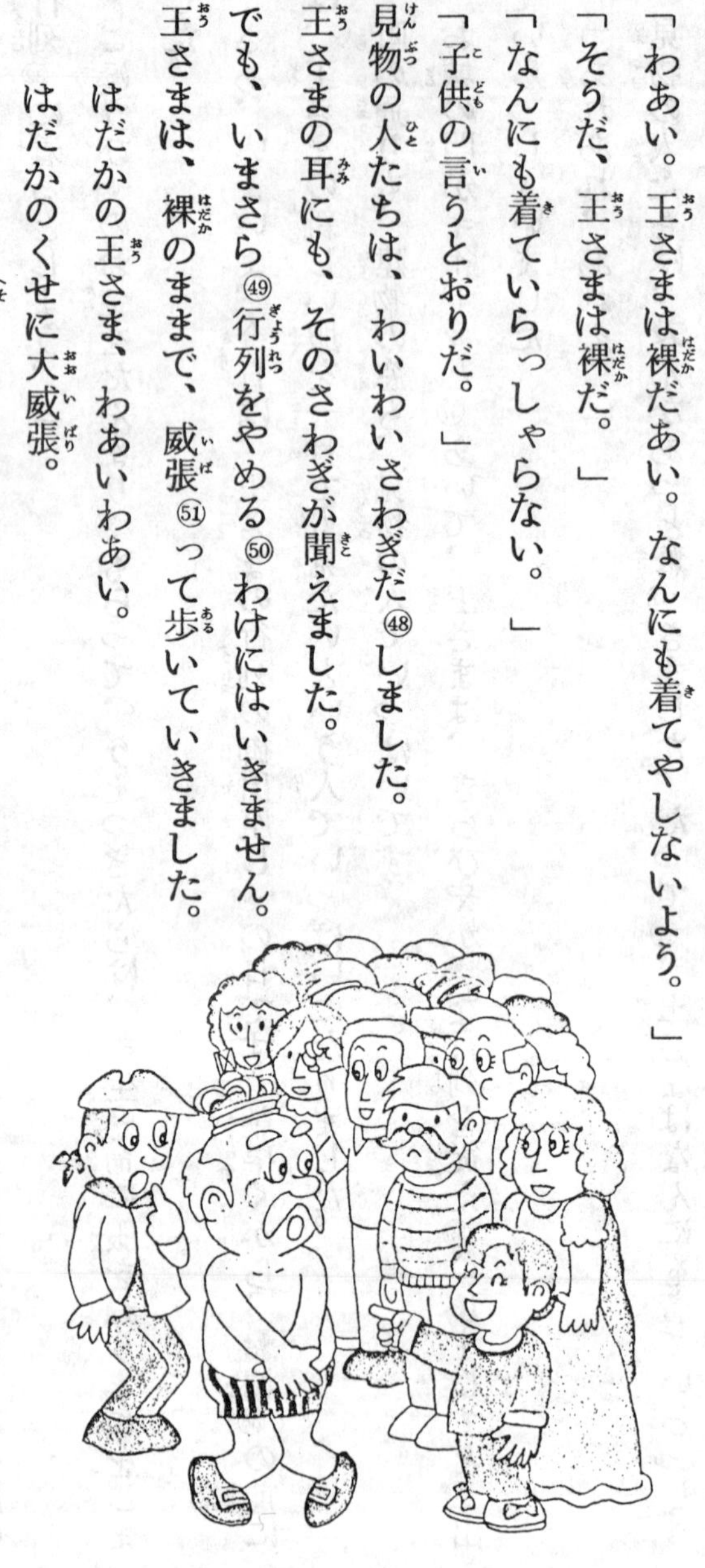

ふふふ、ほほほ、わっはっは。

（おわり）

【注釋】

①裸（はだか）――裸體（名詞[0]）

②わけ――理由、原因（名詞[1]）

③昔昔（むかしむかし）――從前從前、好久以前（名詞[0]）

④それはそれは――非常（感嘆詞[0]）

⑤おしゃれ――愛漂亮的（形容動詞[2]）

⑥見（み）せびらかす――賣弄、誇示（五段動詞[5]）

⑦うそつき――說謊的人、騙子（名詞[2]）

⑧職人（しょくにん）――工匠、手藝人（名詞[0]）

⑨がら――花様（名詞[0]）

⑩ふしぎ――奇異、不可思議（形容動詞[0]）

⑪すっかり――完全地（副詞[3]）

⑫気(き)に入(い)る――中意、喜歡（詞組）

⑬家来(けらい)――僕人（名詞[1]）

⑭すてき――絶妙、太棒（形容動詞[0]）

⑮うまくいく――事情進行順利（詞組）

⑯カッタン、コットン――形容織布聲（擬聲語）

⑰あれ――哎呀（感嘆詞[1]）

⑱しまいこむ――收進去、放進去（五段動詞[4]）

⑲ずるい――狡猾的、奸詐的（形容詞[2]）

⑳出来上(できあ)がる――完成、做好（五段動詞[0]）

㉑待(ま)ち切(き)れない――等不及、等得不耐煩（動詞否定形[4]）

㉒正直者(しょうじきもの)――老實人（名詞[5]）

㉓びくびくする――提心吊膽、害怕（サ變動詞[1]）

㉔おおあわて――非常緊張（名詞[3]）

㉕何度(なんど)も――好幾次（詞組）

㉖目(め)をこする――揉眼睛（詞組）

㉗見事（みごと）――美麗、好看（形容動詞[1]）
㉘色合（いろあい）――色調（名詞[3]）
㉙出来（でき）ばえ――傑作、好成績（名詞[0]）
㉚うわべ――表面、外觀（名詞[0]）
㉛落（お）ち着（つ）き払（はら）う――非常沉着、很鎮靜（五段動詞[6]）
㉜行列（ぎょうれつ）――隊伍、行列（名詞[0]）
㉝ごほうび――獎賞、獎勵（名詞[2]）
㉞たんまり――很多、許多（副詞[3]）
㉟御出座（おでま）し――出去、出門（名詞[0]）（敬語）
㊱お城（しろ）――城堡（名詞[0]）
㊲ギイーッと――形容門打開的聲音（擬聲語）
㊳きらびやか――輝煌燦爛、華麗（形容動詞[3]）
㊴従（したが）える――率領（下一段動詞[3]）
㊵しずしずと――安祥靜靜地（副詞[1]）
㊶驚（おどろ）く――吃驚（五段動詞[3]）

㊷だって——表示申訴理由、不同意對方之意見（接續詞1）
㊸すばらしい——非常美的、非常好的（形容詞4）
㊹りっぱ——出色、卓越（形容動詞0）
㊺こと——女性用語（感嘆詞）
㊻飛び出す（とびだす）——跑出來（五段動詞3）
㊼指差す（ゆびさす）——用手指（五段動詞3）
㊽さわぎだす——吵鬧起來（五段動詞4）
㊾いまさら——事到如今、到了現在（副詞0）
㊿やめる——作罷（下一段動詞0）
51威張る（いばる）——神氣、自豪（五段動詞2）

【句型提示】

一、……と、すぐ……（一……立刻就……）
服ができると、すぐ着て、みんなに見せびらかします。
二、……かどうか……（是否……）

悪者がいるかどうか、すぐわかる。

三、……としましょう（就決定……吧）

さっそく作ってもらうとしよう。

四、……ふりをします（假裝……）

一生懸命に働くふりをしました。

五、……のに使います（用來……）

布を織るのに使います。

六、……まねをします（模仿……的樣子）

布を織るまねをしています。

七、どうか……ように。（但願……）

どうか神さま、わたしにあの布が見えますように。

八、なにも＋否定（什麼也不……）

なんにも見えないぞ。

九、……といい、……といい（不論……不論……）

がらといい、色合といい、すばらしい。

十、お……します（這是敬語裡的謙虛表現法）

さっそく王さまにお知らせしよう。

十一、一……でも……たいです（想……哪怕是一……也好）

一目でも見たい。

一口でも食べたいです。

十二、……でいっぱいです（全都是……）

町の通りも、建物の窓も、見物の人でいっぱいです。

十三、……わけにはいきません（無法……）

いまさら行列をやめるわけにはいきません。

十四、……くせに……（明明……卻還……）

はだかのくせに大威張。

【譯文】裸體國王

裸體國王，哈哈！

爲什麼？爲什麼要裸體呢？

請聽一聽其原因吧！

哈哈哈！嘻嘻嘻！哇哈哈！

來、來，現在就開始講「裸體國王」的故事。

從前從前在一個地方，有一個非常愛漂亮的國王。國王非常喜歡做新衣服。新衣服一做好，馬上就會穿起來向大家炫耀，很得意。

有一天，有兩個騙子來到了國王那裏。

「嗯，國王、國王，我們是能夠織出世界上最美麗的布疋的手藝人。」

「不只是顏色啦、花樣美麗，要是用這種布疋做衣服的話，眞是不可思議啊……。那些壞蛋啦、傻瓜們是看不見這種美麗衣服的。」

「哈哈！」

國王非常中意。

「啊、太好了。如果穿上這種衣服的話，僕人們當中是否有壞蛋，立刻就會知道了。另外也能看得出傻瓜來。嗯、太棒了。好！你們就立刻給我做吧！」

「太棒了！事情眞是太順利了。」

兩個人面對著織布機，裝出一副拚命工作的樣子，他們一直裝到晚上好晚好晚。

ㄐ一、ㄐ一、ㄐ一、ㄐ一（的織布聲）

眞是的！這兩個人說是織布要用，而向國王要了很多漂亮的絹啦、金線等，可是他們卻把這些東西全部都塞進了自己的皮包裡。空空地面對著機器，裝著一副織布的樣子。眞是太狡猾了。

「怎麼樣啦？布疋要多久才能織好？去問一問去。」

國王等得不耐煩了，於是派了個大臣到那兩個人那裡去。

「唉、唉、唉，天呀！請讓我看得見那布疋吧！」

誠實的大臣心驚膽戰地進了那兩個人的工作間。

ㄐ一、ㄐ一、ㄐ一、ㄐ一（的織布聲）

「哎呀呀……。什麼也看不到呀！」

大臣慌張得要命，揉了好幾次眼睛，可是還是看不到。

「噢、糟糕。可是、我要是說什麼看不見的話，那豈不是更糟啦!?一定會被認爲是壞蛋的。」

「嗯、怎麼樣呀？這塊布疋。」

「噢、好看好看。不論是花樣、不論是色調，都太棒啦！我立刻去報告國王吧！」

國王聽到報告，非常高興。

「噢、織好了嗎？嗯、你說織得很棒是吧？那麼、我也趕快去看看吧！」

國王高高興興地帶著大臣到了騙子們那裡。

ㄐㄧ、ㄐㄧ、ㄐㄧ、ㄐㄧ（的織布聲）

「噢、這、這是怎麼回事？什麼也看不見呀！噢！」

國王心裡著急得不得了，可是外表卻裝做鎭靜、

「嗯、嗯、非常漂亮。好、趕快用這塊布疋給我做一件新衣服，下次遊行時我要穿。」

得到了很多的賞錢，騙子們裝做拚命縫製衣服的樣子。

好，終於到了國王御駕遊行的日子。從一大清早，城堡前面就擠滿了人，這些人都想看看國王的新衣服，哪怕是只看一眼也好。

城裡的大街上、建築物的窗子都擠滿了看熱鬧的人。

城堡的大門「ㄍㄧ」地打開了，國王率領著華麗的隊伍，靜靜地走了出來。

「唉呀、呀呀！」

看熱鬧的人們大家都嚇了一大跳。因爲國王什麼也沒有穿。

誰也看不到國王的新衣服。當然嘛！因爲什麼也沒有。

可是，那種事情誰也不敢說。要是被認爲是壞蛋或是傻瓜的話，那可就糟啦！

「噢、這眞棒！」

「國王萬歲，眞是太氣派了！」

「眞好看的衣服啊！」

國王的隊伍在前進。

這時突然有一個小孩跑到了前面，指著國王說：

「哇—！國王光著身體啊！什麼也沒穿喲！」

「對，國王光著身體。」

「什麼也沒有穿。」

「小孩子說得對。」

看熱鬧的人們都嚷嚷了起來。

國王也聽到了那嚷嚷聲。

可是事到如今已經沒有辦法停止遊行了。

國王只好就光著身體、神氣地走了下去。

裸體國王，哈哈。

雖光著身體卻神氣十足。

噢、噢，肚臍也露出來了。

哈哈哈！嘻嘻嘻！哇哈哈！

（完）

十一、ちびくろサンボ

さあ、おもしろいお話が始まるよ。ちび①くろサンボ……。

ちびくるサンボは、かわいいくろんぼ（う）②の男の子だよ。おかあさんが、すてきな赤い上着③と、青いズボンを作ってくれた。お父さんが、緑色のかさと、かわいい紫色の靴を買ってくれた。ちびくろサンボは大喜び。さっそく④ジャングル⑤へ散歩にでかけた。

お日さまかんかん⑥照⑦ったって、
ちっともぼくは暑くない。
緑のかさがあるからね。
でこぼこ⑧道のジャングルだって、
ちっともぼくは痛くない。
ちゃあんとくつがあるからね。
タッタカタン⑨、タッタカタン。

「ちびくろサンボ、たべちゃうぞ。」

虎が出てきた。ちびくろサンボはびっくり。

「お願いだよ。食べないでよ。この上着、上げるから。」

「よしよし。そのすてきな赤い上着をくれるなら、今度だけは許⑩してやろう。」

虎は、赤い上着を着て、大自慢。

「これでおれさま⑪は、ジャングル一の虎じゃわい。」

かわいそうなちびくろサンボは、上着を取られて、歩いていった。

「ちびくろサンボ、たべちゃうぞ。」

別の虎が出てきた。ちびくろサンボは、またびっくり。

「お願いだよ。食べないでよ。このズボン、上げるから。」

「よしよし。そのすてきな青いズボンをくれるなら、今度だけは許してやろう。」

虎は青いズボンをはいて、大自慢。

「これでおれさまは、ジャングル一の虎じゃわい。」

かわいそうなちびくろサンボは、ズボンも取られて歩いていった。

「ちびくろサンボ、たべちゃうぞ。」

又、別の虎が出てきた。ちびくろサンボは、びっくり仰天⑫。

「お願いだよ。食べないでよ。このくつ、あげるから。」

すると、虎は言った。

「なになに、くつだって。そんなくつもらったって、役にた⑬ちゃしない。お前の足は二本だが、おれさまの足は四本だぞ。」

そこで、ちびくろサンボは言った。

「耳にはけばいいよ。」

「な、なるほどね。そいつはいい考えだ。よしよし、今度だけは許してやろう。」

虎は紫色のくつを耳にはいて、大自慢。

「これでおれさまは、ジャングル一の虎じゃわい。」

「かわいそうなちびくろサンボは、くつも取られて歩いていった。

「ちびくろサンボ、たべちゃうぞ。」

また、虎だ。ちびくろサンボは、またかと、びっくりぎょうてん。

「お願いだよ。食べないでよ。このかさ、あげるから。」

すると、虎は言った。

「おれさまが歩くのに、足が四本いるんだぞ。どうやってかさをさ⑭せばいいんだ。」

「し、しっぽ⑮にゆわえ⑯て、させばいいよ。」

「な、なるほどね。よしよし、今度だけは許してやろう。」

虎は、緑色のかさをしっぽにゆわえて、大自慢。

「これでおれさまは、ジャングル一の虎じゃわい。」

到頭、ちびくろサンボは上着もズボンも、くつも、かさも取られてしまった。

「おうんおんおん⑰、おうんおんおん。」

泣きながら歩いていった。

すると──。

「グルルル⑱グルルル、グルルルグルルル。」

恐ろしい虎の声が聞えてきた。

「大変だ、たいへんだ。虎が食べに来る。」

ちびくろサンボは、椰子の木の蔭に隠れ⑲た。

そうっとのぞ⑳いて見た。

「おれさまがジャングル一の虎だ。」

「おれさまだ。」

「ちがう。おれさまだ。」

「そうじゃない。おれさまだ。」

四匹の虎が、かんかんに怒㉑って、けんか㉒している。上着もズボンもかさもくつもほうりだ㉓してね。それで、ちびくろサンボは言った。

「もう、上着やかさ、いらないの。」

けれど、虎は、

「グルルルグルルル、グルルルグルルル。」と言ったきり。だって、四匹の虎は、隣の虎のしっぽをくわえたまま、木のまわりをぐるぐる㉔回㉕っているんだもの。

「じゃあ、ぼく、持っていくよ。」

そう言って、ちびくろサンボは行ってしまった。

お日さまかんかん照ったって、
ちっともぼくは暑くない。
緑のかさがあるからね。
でこぼこ道のジャングルだって、
ちっともぼくはいたくない。

ちっともぼくはいたくない。

ちゃあんとくつがあるからね。

タッタカタン、タッタカタン。

虎はますます、怒って、ものすご㉖い勢㉗で、ぐるぐる廻っている。もう、足なんかぜんぜん見えない。すごい速さだ。あっ、到頭溶け㉘てしまった。溶けて、バター㉙になってしまった。

「ほう、こりゃ、すばらしいバターだ。」

ちょうどそこを通りかか㉚ったのは、ちびくろサンボのお父さんだった。お父さんは、バターをつぼ㉛にいっぱい入れて帰った。ちびくろサンボのお母さんは大喜び。

「これで、おいしいホットケーキ㉜を作りましょう。」

やがて、こんがり㉝焼けたおいしいホットケーキが、たあくさん出来た。それから、みんなで食べた。お母さんは二十七も食べた。お父さんは五十五も食べた。けれど、ちびくろサンボは、なんと、百九十六も食べたんだ。とってもおなかが空㉞いていたのでね。

（おわり）

【注釋】

①ちび——矮子（名詞[1]）
②くろんぼう——黑人（名詞[0]）
③上着(うわぎ)——外衣、上衣（名詞[0]）
④さっそく——立刻、馬上（副詞[0]）
⑤ジャングル——熱帶的原始林（名詞[1]）
⑥かんかん——形容陽光等強烈貌（副詞[1]）
⑦照(て)る——照、照耀（五段動詞[1]）
⑧でこぼこ——凹凸不平（名詞[0]）
⑨タッタカタン——口喊的鑼鼓聲（擬聲語）
⑩許(ゆる)す——原諒（五段動詞[2]）
⑪おれさま——老子我（名詞[0]）
⑫びっくり仰天(ぎょうてん)——大吃一驚（サ變動詞[3]）
⑬役(やく)に立(た)つ——有幫助、有用（詞組）
⑭かさをさす——撐傘（詞組）

⑮しっぽ——尾巴（名詞[3]）
⑯ゆわえる——繫、紮（下一段動詞[3]）
⑰おうんおうん——大哭聲（擬聲語）
⑱グルルル——老虎生氣時的叫聲（擬聲語）
⑲隠(かく)れる——躲、藏（下一段動詞[3]）
⑳のぞく——窺視（五段動詞[0]）
㉑かんかんに怒(おこ)る——大發雷霆、非常生氣（詞組）
㉒けんかする——吵架、打架（サ變動詞[0]）
㉓ほうりだす——丟到一邊（五段動詞[4]）
㉔ぐるぐる——形容不停地打轉轉（副詞[1]）
㉕回(まわ)る——轉動（五段動詞[0]）
㉖ものすごい——驚人的、猛烈的（形容詞[4]）
㉗勢(いきおい)——氣勢（名詞[3]）
㉘溶(と)ける——溶化（下一段動詞[2]）
㉙バター——黃油（名詞[1]）

㉚通（とお）りかかる——剛好通過（五段動詞5）
㉛つぼ——壺、罐（名詞0）
㉜ホットケーキ——熱點心（名詞4）
㉝こんがり——餅烤得很漂亮狀（副詞3）
㉞おなかが空（す）く——肚子餓（詞組）

【句型提示】

一、ちっとも＋否定（一點也不……）
ちっともぼくは暑くない。

二、……ちゃう（意義與「……てしまう」相同）
たべちゃうぞ。

三、なに……って（什麼？你說……？）
なになに、くつだって。

四、動詞連用形＋やしません（否定形的加強語氣表現法）
役にたちやしない。

五、……きり＋否定（「きり」通常下接否定，表示只有此動作而已，而沒有接著的預期動作）

「グルルグルル」と言ったきり。

行ったきり帰って来ない。

【譯文】　小黑人三寶

來、好聽的故事要開始囉！小黑人三寶……。

小黑人三寶是一個很可愛的黑人男孩喲！媽媽給他做了一件很棒的紅色上衣和一條藍色的長褲子。爸爸給他買了一把綠色的傘和一雙可愛的紫色鞋子。小黑人三寶好高興，立刻就出門到叢林散步去了。

雖然太陽照得火熊熊，
可是我一點也不熱。
因為我有一把綠傘呀！
雖然是個路凹凸不平的叢林，
可是我一點也不痛。

因爲我有一雙鞋呀！

ㄉㄨㄥ ㄉㄨㄥ ㄑㄧㄤˋ、ㄉㄨㄥ ㄉㄨㄥ ㄑㄧㄤ。

「小黑人三寶，我要吃掉你。」

出來了一隻老虎，小黑人三寶嚇了一大跳。

「求求你啦！別吃我呀！這件上衣送給你。」

「好、好，如果你要把那件很棒的紅色上衣送給我的話，我就饒了你這一次吧！」

老虎穿上了紅色上衣，神氣得不得了。

「這麼一來，老子我就是叢林第一的老虎啦！」

可憐的小黑人三寶被拿走了上衣，而繼續地走著。

「小黑人三寶，我要吃掉你。」

出來了另外一隻老虎，小黑人三寶又嚇了一大跳。

「求求你啦！別吃我呀！這條長褲送給你。」

「好、好，如果你要把那件很棒的藍色長褲送給我的話，我就饒了你這一次吧！」

老虎穿上了藍色長褲，神氣得不得了。

「這麼一來，老子我就是叢林第一的老虎啦！」

可憐的小黑人三寶又被拿走了長褲，而繼續地走著。

「小黑人三寶，我要吃掉你。」

又出來了另外一隻老虎，小黑人三寶大吃一驚。

「求求你啦！別吃我呀！這雙鞋子送給你。」

聽他這麼一說，老虎就說了：

「什麼、什麼，你說鞋子？我就是拿了那種鞋子也是沒用的。你的腳是兩隻，可是老子我的腳是四隻呀！」

於是小黑人三寶說：

「穿在耳朵上就得啦！」

「說、說的是啊！那還眞是個好主意。好、好，我就饒了你這一次吧！」

老虎把紫色鞋子穿到了耳朵上，神氣得不得了。

「這麼一來，老子我就是叢林第一的老虎啦！」

可憐的小黑人三寶又被拿走了鞋子，而繼續地走著。

「小黑人三寶，我要吃掉你。」

又是一隻老虎。小黑人三寶心想「又來啦?!」而大吃一驚。

「求求你啦！別吃我呀！這把雨傘送給你。」

聽他這麼一說，老虎就說了：

「老子我走路可是要用四條腿呀！要如何撐傘呢？」

「繫在尾、尾巴上撐著就得啦！」

「說、說的是啊！好、好，我就饒了你這一次吧！」

老虎把綠色的傘繫在尾巴上，神氣得不得了。

「這麼一來，老子我就是叢林第一的老虎啦！」

最後，小黑人三寶的上衣、長褲、鞋子、傘，全部都被拿走了。

「ㄨ　ㄣ　ㄣ、ㄨ　ㄣ　ㄣ。」

他一邊哭著、一邊往前走著。

這時突然、

「ㄏㄡ　ㄏㄡ　ㄏㄡ、ㄏㄡ　ㄏㄡ　ㄏㄡ。」

傳來了可怕的老虎叫聲。

「不得了啦！不得了啦！老虎來吃我啦！」

小黑人三寶躲到了椰子樹的後面。

偷偷地望了一下。

「老子我才是叢林第一的老虎。」

「老子我才是。」

「不對，老子我才是。」

「不是的，老子我才是。」

四隻老虎火冒三丈地在吵著架。它們把上衣、長褲、鞋子、傘都丟到了一邊。於是，小黑人三寶說道：

「上衣啦傘等，你們都已經不要了嗎？」

可是，老虎們呀、

「ㄏㄡㄏㄡㄏㄡ、ㄏㄡ、ㄏㄡㄏㄡ」地只是在叫著，根本沒理他。因爲四隻老虎正相互地咬著旁邊老虎的尾巴，在繞著樹木的周圍打轉轉呢！

「那麼，我就拿走囉！」

這麼說著，小黑人三寶就溜掉了。

雖然太陽照得火熊熊，

可是我一點也不熱。

因爲我有一把綠傘呀！

雖然是個路凹凸不平的叢林，

可是我一點也不痛。

因爲我有一雙鞋呀！

ㄌㄨㄥ　ㄌㄨㄥ　ㄑㄧㄤ、ㄌㄨㄥ　ㄌㄨㄥ　ㄑㄧㄤ。

老虎們越來越生氣了，它們以驚人猛烈之勢不停地轉著。

那是相當快的速度，快得連脚什麼的都看不見了。啊、最後終於溶化掉了。溶化成了黃油。

「噢！這可是好黃油啊！」

剛好有一個人從那裡經過，原來他就是小黑人三寶的爸爸。爸爸裝了一滿罐黃油就回去了。

小黑人三寶的媽媽好高興，說道：

「我就用這黃油來做好吃的烤餅吧！」

不久，就做好了許多烤得很漂亮的、很好吃的烤餅。然後，大家一起吃了起來。媽媽吃了二十七個、爸爸吃了五十五個，而小黑人三寶嗳呀呀呀居然吃了一百九十六個之多。因爲他實在是太餓啦！

（完）

十二、金の魚

さあ、不思議な金の魚のお話をしましょう。

青い海の側に、おじいさんとおばあさんが住んでいました。おじいさんは、網①で魚を取って、おばあさんは、紬糸②を紡③いでいました。

ある日のこと、おじいさんが、いつものように海に網を投げ込む④と……。これは不思議。網がぐんぐん⑤海の中に引張込まれ⑥そうになりました。

「ううん、まけるもんか。よいしょ⑦。」

おじいさんが、一生懸命網を引張⑧ると、網の中にきらきら光る金の魚がはいっていました。

「おじいさん、助けてください。わたしを海に返してくださったら、お礼になんでもしますから。」

「へええ、魚がしゃべる⑨なんて、わしはびっくり⑩したよ。よしよし、逃が⑪してあげるよ。お礼なんていらないよ。」

おじいさんは、やさしい人でしたから、すぐ金の魚を海に逃がしてやりました。

おじいさんが、うちに戻って、その金の魚の話をしますと、おばあさんは怒りました。

「まあ、お前さんは、なんて間抜⑫なんでしょうね。お礼をするって言うんだったら、してもらったらいいのに。ご覧よ、あの桶を。もう、すっかり古くなって、こわれているんだよ。これをなんとかしてもらったらどうだい。」

おじいさんは、海辺へ行きました。

海は、少し荒れ⑬ていました。

「わたしの助けた金の魚よ。出てきておくれ。」

おじいさんが大声で呼ぶと、金の魚が出てきて言いました。

「おじいさん、何かご用ですか。」

「実はねえ……。」

おじいさんが、古い桶の話をすると、

「ああ、古い桶ですか。だいじょうぶです。さ、家に帰ってご覧なさい。」

おじいさんが家に帰ってみると、おばあさんのところに、新しいりっぱな桶がおいてありました。

ところが、おばあさんは、前よりももっとひどい⑭ことを言うんです。

「こんな桶なんか頼む⑮なんて、あんたはおおばか⑯だね。魚の所へ行って、新しい家をくださいって、頼んできたらいい。」

おじいさんは、また、海に出掛けました。

海は少し濁⑰っていました。

「金の魚よ。またお願いだ。」

「ああ、新しいいえですね。大丈夫です。さ、家に帰ってご覧なさい。」

おじいさんが家に帰ると、そこには見違える⑱ような新しい、大きな家が立っていました。

ところが、おばあさんは、まだ満足しません。

「こんな家なんかじゃ、仕方がない。わたしは、一生遊んで暮らせるような、大金持のおくさんになりたいんだよ。金の魚によく頼んでおいで。」

おじいさんは、仕方なく、また海にでかけました。

海はかなり荒れていました。

「金の魚よ、許しておくれ。またお願いだ。」

「お金持になりたいと言うのですね。いいでしょう。うちに帰ってご覧なさい。」

こうして、おばあさんは、次から次に、おじいさんに言付け⑲ました。今度は、お城⑳に住んでみたいとか、国の女王さまになりたいとか……。

そのたびに、おじいさんは海に出かけました。

金の魚は、いつも願いをかなえ㉑てくれました。

でも、海は、だんだん荒方がひどくなって、最後に、おじいさんがでかけた時には、ひどい嵐に㉒なっていました。

「おじいさん、今度はなんですか。」

「いやいや、まったくいつも悪いねえ。今度は、また大変なお願いになったよ。この広い海の女王さまになって、あんたを召使い㉓にして、どんなことでも思いどおり㉔にしたいって言うんだよ。どうだろうねえ……。」

金の魚は、なんにも言わず、しっぽ㉕でピシャリ㉖とはね㉗、そして、海の中深く消えていきました。

おじいさんは、長いこと、金の魚が戻ってくるのを待ちました。でも、いつまで経っても、金の魚は、姿㉘を現わしません。

あれっ、あの新しい、大きな家はどこへ消えたのでしょう。

そこには、前の古い家が元どおり立っているばかりでした。そして、その古い家の前に、おばあさんが、ぽかん㉙とした顔で坐っていました。

おばあさんの側には、こわれた古い桶が、初めと同じように、ころが㉚っているのでした。

（おわり）

【注釋】

①網——網子（名詞[2]）
②紬糸——混紡絹絲（名詞[4]）
③紡ぐ——紡（紗）（五段動詞[2]）
④投げ込む——投入、擲入（五段動詞[3]）
⑤ぐんぐん——猛力地、迅速地（副詞[1]）
⑥引張込まれる——被拉入、被曳入（下一段動詞[7]）
⑦よいしょ——（使勁時的吆喝聲）嗨喲（感歎詞[1]）
⑧引張る——（用力地）拉、曳（五段動詞[3]）
⑨しゃべる——說、講（五段動詞[2]）

⑩びっくりする――吃驚、嚇一跳（サ變動詞3）
⑪逃がす――放跑、放生（五段動詞2）
⑫間抜――糊塗（形容動詞0）
⑬荒れる――（海濤）洶湧（下一段動詞0）
⑭ひどい――厲害的、過分的（形容詞2）
⑮頼む――請求、懇求（五段動詞2）
⑯おおばか――大糊塗蛋（名詞0）
⑰濁る――混濁、不清（五段動詞2）
⑱見違える――看錯（下一段動詞3）
⑲言付ける――命令、吩咐（下一段動詞4）
⑳お城――城堡（名詞0）
㉑かなえる――使…達到（下一段動詞2）
㉒嵐――暴風雨（名詞1）
㉓召使い――佣人（名詞4）
㉔思いどおり――和心裡想的一樣、稱心、如意（名詞4）

※元(もと)どおり（和本來一樣[3]）

※約束(やくそく)どおり（和約定一樣、按照約定[5]）

※ふだんどおり（和平常一樣[4]）

※予想(よそう)どおり（和預想、預料的一樣[4]）

※計算(けいさん)どおり（和計算的一樣[5]）

※注文(ちゅうもん)どおり（和要求的一樣[5]）

※希望(きぼう)どおり（和希望的一樣[4]）

※計画(けいかく)どおり（和計劃的一樣[5]）

㉕しっぽ——尾巴（名詞[3]）

㉖ピシャリ——砰然、呌呌（副詞[3]）

㉗はねる——跳躍（下一段動詞[2]）

㉘姿(すがた)——身子（名詞[1]）

㉙ぽかん——發呆貌（副詞[0]）

㉚ころがる——倒下、躺下（五段動詞[0]）

【句型提示】

一、なんて……でしょう（多麼……啊）

お前さんは、なんて間抜なんでしょうね。

二、……たらいいのに（……不就好了嗎？眞是的）

お礼をするって言うんだったら、してもらったらいいのに。

三、……たらどうですか（你……怎樣）

これをなんとかしてもらったらどうだい。

四、　に（東西）が（動詞）てあります（在……、……著有……）

おばあさんのところに、新しいりっぱな桶がおいてありました。

五、次から次へと……（一個接一個地……）

おばあさんは、次から次へと、おじいさんに言付けました。

六、……とか……とか（表示列擧之意，可以翻譯爲「……啦……啦」）

お城に住んでみたいとか、国の女王さまになりたいとか……。

【譯文】　金魚

來，我來講一個神奇的金魚故事吧！

在藍色的海洋旁邊，住著一個老公公和一個老婆婆。老公公用網捕魚，老婆婆紡絹絲。

有一天，老公公像往常一樣地把魚網向海裡一撒、

這眞是不可思議，網子好像一股勁地被拖往海裡。

「嗯、我才不會輸、輸給你呢！嘿喲！」

老公拼命地一拉，發現網裡有著一條閃閃發光的金魚。

「老公公，請你救救我。你要是把我放回到海裡去的話，我會為你做任何事情來做為謝禮的。」

「咦？魚還會講話，眞嚇死我啦！好、好，那我就放了你囉！什麼謝禮的不用啦！」

因為老公公是位好心人，所以立刻就把金魚放回到海裡去了。

老公公回到家裡，把金魚的事向老婆婆一說，老婆婆就生氣了。

「唉！老頭子，你眞是多糊塗呀！既然它說要給謝禮，你就讓它給不就得了嗎？你看呀那個桶。已經舊得很，壞啦！你去叫它把這個想想辦法，如何？」

老公公去了海邊。

海上有一點浪。

「我救過的金魚呀！你出來吧！」

老公公大聲地一叫，金魚就出來了，然後說道：

「老公公，是不是有什麼事呀？」

「事情是這樣的啊……。」

當老公把舊桶的事情一說、

「啊、原來是舊桶啊！沒問題，去，你回家去看看吧！」

老公回家一看，在老婆婆那裡放著有一個新桶。

可是，老婆婆說了比剛才更過份的話：

「你就拜託了這麼一個桶呀！你眞是個大笨蛋啊！到魚那裡去，拜託它一下，請它給我們新房子吧！」

老公又出門去海邊了。

海有一點渾濁。

「金魚呀！又來求你啦！」

「啊、是新房子啊？沒問題，去，你回家去看看吧！」

老公一回到家裡，就看到那裡豎立著一間簡直認不得的新的大房子。

可是，老婆婆還是不滿足。

「就這麼一個房子的話，沒有用。我想要變成一個能夠一輩子遊玩渡日的大財主的太太，你去好好地求求金魚吧！」

老公沒辦法，又出門去海邊了。

海上起了相當大的浪。

「金魚呀！請你原諒我！又來求你啦！」

「你是說想要變成一個大財主啊？好吧！你回家去看看吧！」

這樣地、老婆婆一而再、再而三地吩咐老公公。這次想要住住城堡看看啦、想要當國家的女王啦……。

每一次老公公都出門去海邊。

金魚也總是答應了他的請求。

可是，海上的浪漸漸地大了起來，最後，在老公公去的時候，變成了很強烈的暴風雨。

「老公公，這次是什麼呢？」

「哎呀呀、每次眞是不好意思啊！這次是一個很大的要求噢！她說要變成這廣大海洋的女王，把你當做佣人，凡事都能照著她的意思做啊！你看如何呢……。」

金魚什麼話也沒說，用尾巴「ㄆㄧㄚ」地一聲跳躍起來，然後就深深地消失在海裡面了。

老公公等金魚回來，等了許久。可是，過了好久好久，金魚也不出現。

咦？那個新的大房子跑到哪兒啦？

在那裡只有一間以前的舊房子和本來一樣地豎立著而已，而在舊房子的前面，老太太呆呆地坐著。

在老婆婆的旁邊，則是壞了的舊桶和本來一樣地在那兒倒著。

（完）

十二、ハンメルの笛吹き

昔、ドイツのハンメルという町に、それはびっくりするくらい、ねずみが増え①てきました。みんな、黒い大きなねずみでした。

町の通りには、夜も昼も、何千何万というねずみが走り廻②っていました。家の中も、ねずみでいっぱいでした。

朝、目を醒③して、服を着ようとすると、ポケットの中からも、チュチュチュ、チュ、チュチュッと、ねずみが跳び出してきました。

夜になると、ガリガリガリと、天井④やとだな⑤をかじりました。とだなに穴をあけ⑥て、パンや肉を、みんな食べてしまいました。

チューチュー　チューチュー。

ガリガリ　ガリガリ。

大変なことになりました。ねこもいぬも、こわが⑦って逃げるばかりです。

「どうしたらいいだろう。」

町の人人は、困ってしまいました。

ある日、一人の若い旅人⑧が、この町へやってきました。町の広場⑨に着くと、笛を吹きながら、歌を歌いました。

　　みなさん、ねずみのことなら
　　わたしに、まかせ⑩ておくがいい
　　　わたしは、ねずみとりのめいじん⑪さ

これを聞いた町の人たちは、

「変なことを言う男だね。あいつは、きっとばかか気違い⑫だよ。」と話し合⑬いました。

だが、町長さんは、旅人を呼んで聞きました。

「本当に、ねずみが追っ払⑭えるかえ。」

「おっぱらえますよ。でも、一匹について、金貨を一枚ずつ払ってください。」

「なになに、一匹に金貨一枚ずつ……。それは困ったな。」

ねずみは何万何十万いるかわかりません。一匹に金貨一枚ずつだと、お金を山ほど積んでも足りないでしょう。でも、この町長さんは、ずるい⑮人でした。

すぐにっこりと笑って、言いました。

「えへへ、よしよし。お金を払うから追っ払ってもらおう。」
さて、その夜、月の光が差した時、町の広場で、不思議な音が響きました。

トーラリラテラー、トーラリラテラ……。

あの若い旅人が、笛を吹鳴ら⑯しているのでした。その音は、だんだん高くなり、町のすみずみにまで響き渡⑰りました。

すると、どうでしょう。町中の家という家からも、どぶ⑱の中からも、ねずみが飛出して、広場に集まってくるのでした。まるで、真黒い洪水が押寄せ⑲てくるみたいです。みるみる、広場は、ねずみでいっぱいになりました。

トットラリラリラ　トテラー、
トットラリラリラ　トテラー。

不思議な旅人は、笛を吹きながら、川のある方へ歩き出しました。
ねずみは、みんな、そのあとについて行きました。町を通りぬけ⑳て、川っぷち㉑に来た時、旅人は大声で叫びました。
「さあ、みんな、この川へ跳込め。」
これを聞いたねずみたちは、うずまく水の中へ、次次に㉒跳込みました。吸込まれるように、水の中へ消えていきました。

翌朝、旅人は、町長さんの家にやってきました。

「約束のお金を払ってください。」

すると、ずるい町長さんは、にやりっと笑って、言いました。

「うふん。よし、払ってやる。だが、ねずみを一匹ずつ、ここへつれてこい。一匹について、金貨一枚と取換え㉓てやろう。」

「それは困りますよ。ねずみは、もう一匹もいないのです。」

「何を言うか。数を、ちゃんと数えてからでないと、お金は払えないぞ。」

町長さんは、もう一度、大声で笑いました。旅人は、まんまと㉔だま㉕されたのです。くやしさ㉖でいっぱい、ずるい町長さんをにらみつけ㉗て、そしてすごすごと㉘帰っていきました。

次の日は日曜日でした、町の子どもたちは、お父さんやお母さんが教会へお祈りに行っている間、家でお留守をしていました。すると、広場の方から、
トーラリラテラー、
トーラリテラー……。

不思議な音が響いてきました。うっとりとするような音でした。どの家からも、子どもたち

は飛出しました。その音に引き寄せ㉙られて、広場へ駆けて行くのでした。

不思議な旅人が、広場の真中で、笛を吹鳴らしていました。子どもたちが集まると、旅人は歩き出しました。

　トットラリラリラトテラー、

　トットラリリラトテラー。

子どもたちは、そのあとについて行きました。すっかり夢中になりました。笛に合わせ㉚て、踊㉛ったり、はねたり、手を振ったり、それは楽しそうでした。

旅人と子どもたちは町を出て、山の方へ進みました。

その山に近付く㉜と、不思議、これは不思議です。ぱっと戸が開くように、山に穴があきました。その中へ、旅人と子どもたちは吸い込まれていきました。すると、山はふさが㉝ってしまいました。

ハンメルの町の子どもたちは、それっきり帰ってきませんでした。どこへ行ったのでしょうか。

ずるい人のいない、楽しい国へ連れて行かれたのでしょうか。

本当に不思議なことですねえ。

（おわり）

【注釋】

①増える——增加、增多（下一段動詞[2]）

②走り廻る——跑來跑去（五段動詞[5]）

③目を醒す——醒來（詞組）

④天井——天花板（名詞[0]）

⑤とだな——櫃櫥（名詞[0]）

⑥穴をあける——鑿洞（詞組）

⑦こわがる——害怕（五段動詞[3]）

⑧旅人——遊子過客、行路的客人（名詞[0]）

⑨広場——廣場（名詞[2]）

⑩まかせる——委託、託付（下一段動詞[3]）

⑪めいじん——專家（名詞[3]）

⑫気違い——神經病、瘋子（名詞[3]）

⑬話し合う——相互說道、談話（五段動詞[4]）

⑭追っ払う——趕走、攆走（五段動詞[4]）

⑮ずるい──狡猾的（形容詞[2]）
⑯吹鳴らす──吹奏（五段動詞[4]）
⑰響き渡る──響遍（五段動詞[5]）
⑱どぶ──水溝、下水道（名詞[0]）
⑲押寄せる──湧過來（下一段動詞[4]）
⑳通りぬける──穿過（下一段動詞[5]）
㉑川っぷち──河邊（名詞[0]）
㉒次次に──一個接一個地（副詞[0]）
㉓取換える──交換（下一段動詞[0]）
㉔まんまと──巧妙地（副詞[3]）
㉕だます──騙、欺騙（五段動詞[2]）
㉖くやしさ──憤恨（名詞[2]）
㉗にらみつける──瞪眼睛（下一段動詞[5]）
㉘すごすごと──垂頭喪氣地（副詞[1]）
㉙引き寄せる──吸引（下一段動詞[4]）

㉚笛に合わせる——配合笛聲（詞組）
㉛踊る——跳舞（五段動詞0）
㉜近付く——挨近（五段動詞3）
㉝ふさがる——關閉（五段動詞0）

【句型提示】

一、意向形＋とすると……（一要……時，就……）
服を着ようとすると、ポケットの中からも、ズボンの中からも……。

二、……ばかりです（表示限定之意，可譯為「光……」、「只……」）
ねこも犬も、こわがって逃げるばかりです。

三、……ながら……（一邊……一邊……）
町の広場に着くと、笛を吹きながら、歌を歌いました。

四、名詞＋か＋名詞（不是……就是……）
あいつは、きっとばかか気違いだよ。

五、……について……（每……）
一匹について、金貨を一枚ずつ払ってください。

六、名詞＋という＋同一名詞（所有的……）

町中の家という家からも、どぶの中からも、ねずみが飛出して……。

七、まるで……みたいです（簡直就像……）

まるで真黒い洪水が押寄せてくるみたいです。

八、……について……（跟著……）

そのあとについて行きました。

九、……でないと……（如果不是……的話……）

数をちゃんと数えてからでないと、お金は払えないぞ。

十、……きり＋否定（表示只有此動作而已，而沒有接著的預期動作）

ハンメルの町の子どもたちは、それっきり帰ってきませんでした。

【譯文】 從凡梅爾鎮來的笛子手

從前，在德國的一個叫做凡梅爾的鎮上，有著越來越多的老鼠，老鼠多得甚至到了嚇人的程度。全都是黑色的大老鼠。

在鎮上的馬路上，不論是白天還是晚上，都有著成千上萬的老鼠在到處跑來跑去。連家裡面也全都是老鼠。

當早上醒來要穿衣服時，從口袋裡、從褲子裡就都會有老鼠「ㄑㄧㄡ　ㄑㄧㄡ　ㄑㄧㄡ」地跳出來。

一到了夜裡，就會「ㄎㄚ　ㄔ、ㄎㄚ　ㄔ」地嗑天花板啦、櫃櫥等。把櫃櫥咬出了洞、把麵包啦肉都吃光。

ㄑㄧㄡ　ㄑㄧㄡ、ㄑㄧㄡ　ㄑㄧㄡ（地叫著）

ㄎㄚ　ㄔ、ㄎㄚ　ㄔ（地嗑著）

事態嚴重。連猫、狗都嚇得猛逃。

「怎麼辦才好呢？」

鎮上的人們不知如何是好。

有一天，有一個年輕的遊子過客來到了這個鎮上。他一到了鎮上的廣場，就邊吹著笛子邊唱道：

各位，如果是老鼠的事的話，
交給我就可以了，
我是個抓鼠專家。

聽到了這歌聲的鎭上人們都相互說道：

「眞是一個亂說話的人呀！那傢伙一定是個傻子或是神經病。」可是鎭長先生叫這遊子過客並問道：

「你眞的能趕走老鼠嗎？」

「能趕走噢！可是，每趕走一隻老鼠你要付我一枚金幣。」

「什麼什麼，一隻老鼠要一枚金幣……。那可傷腦筋啦！」

老鼠有幾萬隻幾十萬隻也不知道。若是一隻老鼠要一枚金幣的話，就算是把錢堆成了一座山也不夠吧！可是，這位鎭長先生是個很狡猾的人。

他立刻就笑咪咪地說道：

「嗯、好好，我會付錢的，就請你趕吧！」

話說那天晚上，當月光照射的時候，在鎭上的廣場上響起了一種奇怪的聲音。

ㄊㄡ ㄌㄚ ㄌㄧ ㄌㄚ ㄊㄟ ㄌㄚ、ㄊㄡ ㄌㄚ ㄌㄧ ㄌㄚ ㄊㄟ ㄌㄚ……。

原來是那個年輕的遊子過客在吹奏笛子。那笛聲漸漸地變高，而響遍了鎭上的每個角落。

這麼一來結果如何呢？從全鎭上的所有房子裡、從水溝裡都跑出了老鼠來，然後聚集到了廣場上。簡直就像是一片漆黑的洪水湧過來一樣。看著、看著，廣場上就擠滿了老鼠。

ㄊㄡ、ㄊㄡ、ㄊㄡ ㄌㄚ ㄌㄧ ㄌㄚ ㄌㄧ ㄌㄚ ㄊㄡ ㄊㄟ ㄌㄚ、

ㄊㄡ、ㄊㄡ ㄌㄚ ㄌㄧ ㄌㄚ ㄌㄧ ㄌㄚ ㄊㄚ ㄊㄟ ㄌㄚ。

這位奇怪的遊子過客，一邊吹著笛子、一邊朝著有一條河流的那邊走了過去。

老鼠們都跟在他的後面走著。當它們通過了鎮上、來到河邊的時候，遊子過客就大聲叫道：

「來、大家都跳進河裡！」

聽到了這叫聲的老鼠們，都一個接一個地往那有旋渦的水裡跳了進去。它們就像被吸進去了似地，消失在水裡了。

第二天早上，遊子過客來到了鎮長先生的家裡。

「請你付給我，我們講好了的錢。」

這時，狡猾的鎮長先生一個人笑著，說道：

「嗯哼、好，我付給你。可是，你去把老鼠一隻一隻地帶到這裡來。我們每一隻老鼠交換一枚金幣吧！」

「那可難辦啦！老鼠已經一隻都沒有啦！」

「你說什麼?!要是不把數目數清楚之後的話，錢是沒有辦法付的喲！」

鎮長先生又一次大聲地笑了出來。原來遊子過客是被巧妙地騙了。他滿腔憤恨，瞪了狡猾的

鎮長先生一眼，然後就垂頭喪氣地回去了。

第二天是星期天。鎮上的孩子們，在爸爸啦媽媽去教堂祈禱的時候，在家裡看家。這時忽然，從廣場那邊、

ㄊㄡ ㄌㄚ ㄌㄧ ㄌㄚ ㄊㄟ ㄌㄚ、

ㄊㄡ ㄌㄚ ㄌㄧ ㄌㄚ ㄊㄟ ㄌㄚ……。

地傳來了奇怪的聲音。那是一種讓人心盪神馳的聲音。孩子們從每一個家裡跑了出來。原來他們是被那個聲音所吸引，而跑向了廣場。

奇怪的遊子過客在廣場的正中央吹響著笛子。當孩子們一集合起來時，遊子過客就開始走了起來。

ㄊㄡ、ㄊㄡ ㄌㄚ ㄌㄧ ㄌㄚ ㄌㄧ ㄌㄚ ㄊㄡ ㄊㄟ ㄌㄚ、

ㄊㄡ、ㄊㄡ ㄌㄚ ㄌㄧ ㄌㄚ ㄌㄧ ㄌㄚ ㄊㄡ ㄊㄟ ㄌㄚ。

孩子們跟在他的後面走。他們完全著了迷。看他們配合著笛聲跳舞啦、跳躍啦、揮手啦，那樣子好像很快樂似地。

遊子過客和孩子們出了鎮上，就往山那邊走了過去。

當他們一挨近了山時，不可思議、這眞是不可思議。就像「ㄆㄚ」地門打開了一樣，在山上

開了一個洞。遊子過客和孩子們都被吸到了那裡面。這時、山又關閉了起來。

凡梅爾鎮的孩子們從那以後就再也沒有回來了。他們到底是去哪裡了呢？

是不是被帶到了一個沒有狡猾的人、一個快樂的國家去了呢？

這眞是一件不可思議的事啊！

（完）

十四、ブレーメン①の音楽隊

ある日のこと、ろばが一匹、とぼとぼとぼと②歩いていました。

（ろば）「ああ、あんなに長い間働いてやったのに、年取③ったから、出ていけとは、ひどい主人だなあ。」

こんな一人言④を言いながら、歩いているのでした。しばらく行くと――。

（ろば）「おや、犬君だな。どうしてねころ⑤んでいるんだい。」

（いぬ）「わたしはねえ、すっかり年を取って、猟に行けなくなったので、ご主人が出ていけって言うんだよ。」

（ろば）「なあんだ、それじゃ、わたしとおんなじだよ。二人で、ブレーメンの町へ行こうよ。」

ろばと犬は、いっしょに歩き始めました。

やがて、しばらく行くと、ひげのだらり⑥とした猫がしゃが⑦んでいました。

（ろば）「おや、ねこさん。あんたもご主人に追い出⑧されたのかい。」

（ねこ）「そうなんですよ。歯が抜け⑨て、ねずみを取れなくなったんでねえ。」

（いぬ）「じゃあ、いっしょにブレーメンへ行こうよ。」

（ねこ）「行けばどうにか⑩なるかしら。」

（ろば）「なるとも⑪。わたしはね、楽隊をやりたいんだよ。音楽は気が晴れる⑫からね。さ、行こうよ。」

三人になったので、少し元気が出ました。またしばらく行くと、今度はおんどり⑬がいました。

（おんどり）「コケコッコー、コケコッコー。」

（ねこ）「どうしたのよ。今は、朝じゃないでしょ。」

（おんどり）「だがねえ、もうじき⑭鳴けなくなるんだもの。ご主人がわたしを食べるんだとさ⑮。」

（いぬ）「えっ、なんだねえ。食べられるまで待ってる奴があるもんか。」

（ろば）「そうとも、みんなでブレーメンへ行こうよ。」

（おんどり）「つれてってくれるかい。」

（ねこ）「あたりまえよ。暗くならないうちに、急ぎましょうよ。」

ろばと犬と猫とおんどりは、ずいぶん急いで歩きましたが、それでも、日はとっぷり⑯と暮れ⑰てしまいました。

（ねこ）「くたびれ⑱たわねえ。どっか泊まる所はないかしら。」

（いぬ）「おや、あの黄色い明りはなんだい。」

そこは、明りのついた窓でした。

（いぬ）「おい、おい、背の高いろばくん、中をのぞいてみてくれよ。」

（ろば）「いいとも。……はてなあ。」

（ねこ）「なにが見えるの……。」

（ろば）「たあいしたもんだ。テーブルに、いっぱいのごちそうだ。」

（みんな）「えっ、ごちそう……。」

（おんどり）「ああ、おなかが空いたよ。」

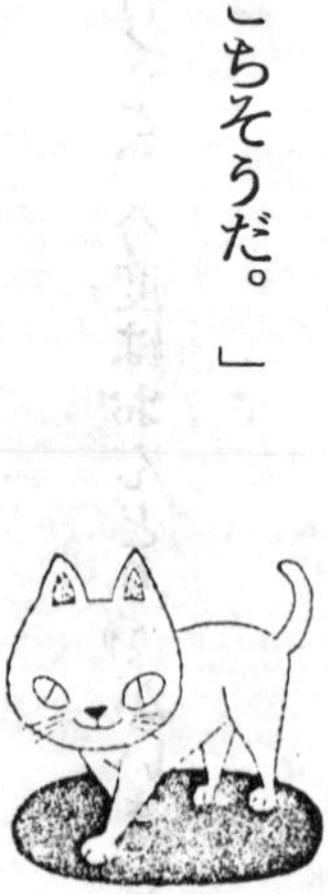

（ろば）「それに、ひげもじゃ⑲の人間が二人。……おや、……思いだした。あいつたちは泥棒だ。」

（ねこ）「えっ、どろぼう。」

（ろば）「シーッ⑳……。」

四人は考えました。ひそひそと㉑相談をしました。それから、ろばが前足㉒を窓にかけて、その背中に犬が飛び乗りました。その上に猫、猫の上におんどりが乗りました。

（いぬ）「よし。さあ、一、二の三でやるんだ。」

（ろば）「いいかい。一、二の三。ヒヒヒヒ、ヒーン。」

（いぬ）「ワン、ワンワンワンワン。」

（ねこ）「ニャーオ。」

（おんどり）「コケコッコー。」

（どろぼう）「うわあっ、化物㉓だ。逃げろ……、そっちだ……。外へ逃げろ……、速く逃げるんだ。」

泥棒は、びっくりして、逃げて行ってしまいました。そこで、みんなはうちの中へはいって、おいしいごちそうをたっぷり㉔食べました。

おなかがいっぱいになったみんなは、すっかり眠くなりました。そこで、ろばはわらたば㉕の上に、犬は戸の後ろに、猫はかまど㉖の側に、おんどりはかもい㉗の上に止まって、ぐっすり眠りました。ところが、真夜中㉘のことです。

泥棒の手下㉙が、様子を見に帰ってきたのです。

「ううん。さっきは、慌てていたからな。もう一遍、うちの中をようく調べてやろう。」

泥棒は、そとで聞耳を立て㉚ました。しいんとしています。そこで――。

ギー、ギー、ギーッ。

「そうれみろ。だあれもいやしないじゃないか。待て待て、先ず明りをつけなきゃ。あ、そうだ。あそこのかまどに残り火㉛が燃え㉜ているぞ。あの火をこの紙に付けてやろう。」

ところが、それは、暗闇㉝の中で光っている猫の目だったからたまりません。

（ねこ）「ニャーオ、ニャーオ。ガリガリ㉞……。」

（どろぼう）「うわあ、こりゃなんだ。」

（いぬ）「ワン、ワンワンワンワンワン。」

（どろぼう）「だれだ。」

（ろば）「ヒーン、ヒヒヒヒン。」

（どろぼう）「あいた、たた、たたたたた。」

（おんどり）「コケコッコー、バタバタバタ……。」

（どろぼう）「たすけてくれえ……、たすけてくれえ……。」

泥棒は、親方㉟の所へ飛んで帰ると、こう言いました。

「へえ、や、やっぱりあそこには、大きな、真黒な化物がいます。あっしの顔をひっかく㊱し、刀で刺すし、棍棒㊲でぶんなぐる㊳し、屋根の方では、裁判官㊴が、泥棒、出てこい、とどなる㊵んです。」

はは……。ひっかいたのはねこ、かたなで刺したというのは、犬がかみついたんだし、棍棒でなぐったというのは、ろばがけとば㊶したんですね。そして、裁判官の声と思ったのは、おんどりが時を作㊷ったのですよ。

さて、この音楽を聞いてください。これはこの四人がブレーメンの町に着いて、音楽隊を作って演奏しているのです。

（おわり）

【注釋】

①ブレーメン——德國地名，布萊梅（名詞）

②とぼとぼと——脚步沉重慢吞吞地（副詞[1]）

③年取る——上年紀、年紀大（五段動詞[3]）

④一人言——自言自語（名詞[4]）

⑤ねころぶ——隨便躺著、橫臥（五段動詞[3]）
⑥だらり——鬆弛無力貌（副詞[3]）
⑦しゃがむ——蹲（五段動詞[0]）
⑧追(お)い出(だ)す——趕走、逐出（五段動詞[3]）
⑨抜(ぬ)ける——掉落、脫落（下一段動詞[0]）
⑩どうにか——是否能有辦法（副詞[1]）
⑪とも——當然、一定（終助詞）
⑫晴(は)れる——晴朗、開朗（下一段動詞[2]）
⑬おんどり——公雞（名詞[0]）
※めんどり（母雞[0]）
※ひよこ（小雞[0]）
⑭もうじき——快要、就要（詞組）
⑮とさ——以一種淡漠的口氣轉述別人的話（詞組）
⑯とっぷり——天黑狀（副詞[3]）
⑰暮(く)れる——天黑（下一段動詞[0]）

⑱くたびれる――累、疲勞（下一段動詞4）
⑲ひげもじゃ――滿臉鬍子（複合語）
⑳シーッ――噓，別出聲（擬聲語）
㉑ひそひそと――悄悄地（副詞2）
㉒前足（まえあし）――前腿（名詞2）
※後足（あとあし）（後腿2）
㉓化物（ばけもの）――妖怪（名詞3）
㉔たっぷり――充分地、足夠地（副詞3）
㉕わらたば――稻草束（名詞2）
㉖かまど――爐竈（名詞0）
㉗かもい――門樑（名詞2）
㉘真夜中（まよなか）――半夜時分（名詞2）
㉙手下（てした）――部下、嘍囉（名詞3）
㉚聞耳（ききみみ）を立（た）てる――豎起耳朵聽（詞組）
㉛残り火（のこりび）――餘燼（名詞3）

㉜燃える——燃燒（下一段動詞0）
㉝暗闇——暗處（名詞0）
㉞ガリガリ——怒責聲、責罵聲（副詞1）
㉟親方——頭子、頭目（名詞3）
㊱ひっかく——抓、搔（五段動詞3）
㊲棍棒——棒子（名詞0）
㊳ぶんなぐる——打、毆打（五段動詞4）
㊴裁判官——法官（名詞3）
㊵どなる——大聲申斥（五段動詞2）
㊶けとばす——踢到一旁、踢得飛起來（五段動詞3）
㊷時を作る——公雞報時（詞組）

【句型提示】

一、動詞連用形＋ながら……（一邊……一邊……）

一人言を言いながら、歩いている。

二、……うちに……（趁著……）

暗くならないうちに、急ぎましょうよ。

三、……なきゃ（得……）、（不……不行）

先ず明りをつけなきゃ。

四、……し……し……し（表示並列兩個以上的事實，可譯為「又……又……又……」）

顔をひっかくし、刀で刺すし、棍棒でぶんなぐるし……。

五、……というのは……んです（所謂的……就是……）

刀で刺したというのは、犬がかみついたんだ。

棍棒でなぐったというのは、ろばがけとばしたんです。

【譯文】　布萊梅的樂隊

有一天，一頭驢脚步沉重慢呑呑地走著。

（驢）「啊—，幫他工作了那麼久，就因為我上了年紀就要趕我走，好狠心的主人哪！」

這麼一邊自言自語著，一邊走著。走了一下子時，忽然、

（驢）「哎呀、是狗兄啊！怎麼在這兒躺著呢？」

（狗）「我呀、因爲年紀太大了，不能去打獵了，所以主人就叫我滾蛋啦！」

（驢）「什麼？！那麼你是和我一樣囉！我們兩個到布萊梅去吧！」

驢和狗就一起開始走了。

不久走了一會兒時，看見了一隻留著長鬍子的猫蹲在那裡。

（驢）「哎呀、猫大姊，你也是被主人趕出來的嗎？」

（猫）「對呀！因爲我牙齒掉了，沒有辦法抓老鼠啦，所以就…。」

（狗）「那麼，我們一起去布萊梅吧！」

（猫）「去的話，不知道是不是會有什麼作爲啊？」

（驢）「一定會有所作爲的。我呀、是想搞個樂隊。因爲音樂會讓人心情開朗啊！走、我們走吧！」

因爲有了三個人，所以稍爲有了一點精神。又走了一下子時，這次遇到了一隻公雞。

（公雞）「«ㄨ«ㄨ«ㄨ、«ㄨ«ㄨ«ㄨ。」

（猫）「你怎麼啦！現在又不是早上啊！」

（公雞）「可是呀，因爲我快要不能叫啦！聽說主人要把我吃掉。」

（狗）「咦？什麼呀！哪有人等著被人吃的呀！」

（驢）「是呀！大家一起去布萊梅吧！」
（公雞）「你們要帶我去嗎？」
（猫）「當然啦！趁著天還沒黑，我們趕快走吧！」
驢、狗、猫和公雞雖然是很怱忙地走著，可是還是太陽下山天黑了。
（猫）「累死我啦！如果有哪裡可以投宿的地方的話該多好呀！」
（狗）「啊、那個黃燈是什麼呀？」
那原來是一扇開著燈的窗子。
（狗）「喂、喂，高個子的驢兄，你往裡面瞧瞧吧！」
（驢）「好啊！……奇怪呀！」
（猫）「看到了什麼？」
（驢）「眞不得了！滿桌子的美食大餐。」
（大家）「咦？美食大餐……。」
（公雞）「噢！肚子好餓喲！」
（驢）「還有兩個滿臉鬍子的人。……唉呀、……我聯想起來了。那些傢伙們是小偷。」
（猫）「咦、小偷？」

（驢）「噓……。」

四個人想了一想，悄悄地商量了一下。然後，驢把前腿搭在窗子上，狗再跳到驢的背上。狗的上面是猫，猫的上面是公雞騎著。

（狗）「好，來，我們一、二、三、一起上。」

（驢）「好了嗎？一、二、三。ㄏㄧ、ㄏㄧ、ㄏㄧㄣ。」

（狗）「ㄨㄤ、ㄨㄤ、ㄨㄤ　ㄨㄤ　ㄨㄤ。」

（猫）「ㄇㄧㄠ。」

（公雞）「ㄍㄨ、ㄍㄨ、ㄍㄨ。」

（小偸）「哇—、妖怪。逃命……在那邊……。往外逃命……趕快逃！」

小偸嚇得逃掉了。於是大家進到了屋裡，把那美食大餐大吃了一頓。

肚子吃得飽飽的這一大伙人們睏了起來。於是，驢在稻草堆上、狗在門後面、猫在爐竈旁邊、公雞在門樑上，大家都熟睡著。可是，到了半夜時分時、

有一個小偸嘍囉回來察看情形了。

「嗯、剛才是太慌張啦！我再仔細地把屋子裡面察看一次吧！」

小偸在外面豎起耳朵聽。鴉雀無聲。於是、

《ㄧ、《ㄧ（地把門打了開來）。

「哎、你瞧瞧，這不是一個人也沒有嗎？慢點、慢點，我得先點個燈才行。啊、對啦！那邊的爐竈裡還燃著燒剩的火呢！我就用那個火點燃這張紙吧！」

可是，那個火原來是在暗處發光的猫的眼睛。這可不得了啦！

（猫）「ㄇㄧㄠ、ㄇㄧㄠ。ㄔㄜ、ㄔㄜ、ㄔㄜ。」

（小偷）「哇—、這是什麼？」

（狗）「ㄨㄤ、ㄨㄤ　ㄨㄤ　ㄨㄤ　ㄨㄤ　ㄨㄤ。」

（小偷）「誰？」

（驢）「ㄏㄧㄣ、ㄏㄧ、ㄏㄧ、ㄏㄧ、ㄏㄧㄣ。」

（小偷）「啊、痛、痛痛痛痛痛。」

（公雞）「《ㄨ　《ㄨ　《ㄨ。ㄆㄚ　ㄉㄚ、ㄆㄚ　ㄉㄚ。」

（小偷）「救命啊……、救命啊……。」

小偷一跑回到頭子那裡，就這麼說道：

「唉，果、果然在那裡有個大黑妖怪。又抓我的臉、又用刀扎、又用棒子打，在屋頂那邊還有個法官大聲叱責說『小偷，你給我出來！』」

哈哈……。原來抓他的是猫，所謂用刀扎他的是狗咬他，所謂用棒子打的是驢踢他。另外，他認爲是法官的那個聲音，其實是公雞報曉。

那麼，請聽一下這個音樂吧！這就是這四個人到了布萊梅，組成樂隊而在演奏的音樂。

（完）

十五、親指姫

さあ、おやゆびひめのお話を始めますよ。

ほうら、ご覧なさい。美しい花びら①でしょう。

こんな花びらの中から、お姫さまが生まれたんです。とっても小さくて、ちょうど親指②くらい。

それが親指姫。水を入れたおさら③に花びらを浮かべ④て、その上にぽっかり⑤乗って遊ぶのが大好き。うたもうたいます。まだ、だあれも聞いたことがないほど、とってもいい声で……。


　わたしは花から生まれたの。

　赤と黄色のチューリップ。

　ララ　ロン、ララ　ロン。


ある晩のこと。親指姫が、くるみ⑥の揺りかご⑦の中で眠っていると、一匹のかあさんがえるが入ってきました。

「ほう、こりゃ、息子のお嫁さんにちょうどいい。」

かあさんがえるは、親指姫をさら⑧っていきました。

「コアックス、コアックス、ブレッケン、ケケックス。」

息子のかえるは、これだけしか言えなくて、話もできない、とってもきたないひきがえる⑨。

おやゆびひめは睡蓮の葉の上で、しくしく⑩泣きました。

それを聞いた川の中の魚たちは、親指姫を助けようと、みんなで睡蓮の茎をかみ切⑪りました。

さあ、睡蓮の葉は、ずんずん流れ⑫ます。どこまでも、どこまでも。

あっ。大きな黄金虫⑬が飛んできました。そして、親指姫をつかまえ⑭て、たかあい、たかあい木のてっぺん⑮へ。そこには、こがねむしの仲間⑯がたくさんいたのです。

「なんだね、この子は。足がたった⑰二本、それに、ひげ⑱もない。なんて可笑しな⑲虫だろうねえ。」

そして、親指姫は雛菊⑳の上に、おいてきぼりにされ㉑てしまいました。

ひろうい森のなかに、親指姫は一人ぽっち㉒。やがて㉓、冬がやってきました。

雪が降ってきましたよ。寒い、寒い。

ヒュー、ヒュー。風と雪が吹き付け㉔てきます。

その中を、親指姫は、とぼとぼ歩㉕いていきました。

「まあ、かわいそうに。さあさあ、おはいり。中はあったかだよ。食べる物もあるからね。」

やさしく声をかけ㉖てくれたのは、野鼠㉗のおばさんでした。親指姫は、暖かいおばさんのうちで冬を過しました。

ある日、親指姫は、道で凍え㉘て倒れている燕㉙を見つけました。かわいそうに、寒くて羽㉚が凍㉛って落ちたんです。ほら、こちこち㉜に……。

「つばめさん、あったかいふとんよ。」

親指姫は、枯れ草㉝で編㉞んだ、大きなふとんの中につばめを入れてやりました。

どっき㉟、どっき、どっき……。

しばらくすると、つばめの小さな胸が動きだしました。凍え死㊱なずに、たすかったのです。

「おやゆびひめさん、ありがとう。もう大丈夫だ。お日さまの光の中を飛べるよ。」

「まあ、何を言うの㊲。そとはまだ冬なのよ。雪が降って、氷が張㊳っているわ。」

冬じゅう㊴、つばめは、土の中で暮らしました。

やがて、春が来て、お日さまは、土の中まで、ぽかぽか㊵と暖めはじめました。

「さあ、ぼくは、南の国へ飛んでいきます。おやゆびひめさん、あなたもいっしょにいらっしゃい㊶。」

「つばめさん、わたしはいけないわ。野鼠おばさんが悲しがる㊷んですもの。」

「チ、チ、チ、ピーチク。」

つばめは、空高く飛んでいきました。親指姫の目から、涙がぽつんとこぼれ㊸ました。

「さあ、さあ、お嫁入り㊹のしたくだよ。秋になったら、お隣のもぐら㊺さんの所へお嫁に行くんだよ。」

野鼠おばさんは、にこにこ顔㊻で言いました。でも、親指姫はいやでした。もぐらさんはのろのろ㊼だし㊽、もぐらさんのお嫁さんになったら、一生暗い土の中で暮らさなければなりませんもの。でも、それはわがまま㊾だよって、野鼠おばさんは言うんです。とうとうお嫁入りの日が来てしまいました。

親指姫が、お日さまに最後のお別れをしようと、ちょっと土の上に出た時です。

「さ、いらっしゃい。花の国へ行くんです。ぼくの背中㊿にすぐ乗って。」

あのつばめのお迎えです。親指姫は、野を越え、山を越えて飛びました。

花、花、花。

赤、白、黄色……。

美しい花の国です。そこには、親指姫と同じくらいの、花の精の王さま(51)が待っていました。

「おやゆびひめさん、ぼくたちは、あなたを待っていたんです。どうか、花の精の女王(52)さまになってください。」

こんなうれしい事があるでしょうか。女王さまになった親指姫は、どこへでも飛んで行ける、白い羽をいただきました。

とてもとてもしあわせでした。

（おわり）

【注釈】

①花びら——花瓣（名詞3）

②親指——大拇指（名詞0）

※人差指（食指4）

※中指（中指2）

※薬指（無名指3）

※小指（小指⓪）

③おさら——盤子（名詞⓪）

④浮かべる——浮起（下一段動詞⓪）

⑤ぽっかり——飄浮貌（副詞③）

⑥くるみ——核桃（名詞⓪）

⑦揺りかご——搖籃（名詞⓪）

⑧さらう——搶走、拐跑（五段動詞⓪）

⑨ひきがえる——蟾蜍、癩蛤蟆（名詞③）

⑩しくしく——抽抽搭搭哭泣貌（副詞②）

⑪かみ切る——咬斷（五段動詞⓪）

⑫ずんずん流れる——迅速飄走（詞組）

⑬黄金虫——金龜子（名詞③）

⑭つかまえる——捕捉、抓住（下一段動詞⓪）

⑮てっぺん——最高峰、頂點（名詞③）

⑯仲間——伙伴（名詞③）

⑰たった——只（副詞⓪）

⑱ひげ——鬍鬚或動物的鬚（名詞⓪）

⑲おかしな——可笑的、滑稽的（連體詞②）

⑳雛菊（ひなぎく）——雛菊（名詞②）

㉑おいてきぼりにされる——被丢在一邊、被丢下（詞組）

㉒ひとりぽっち——一個人孤零零（名詞④）

㉓やがて——不久（副詞⓪）

㉔吹き付ける（ふきつける）——吹到身上、吹到（下一段動詞④）

㉕とぼとぼ歩く（あるく）——有氣無力地脚步沉重地走（詞組）

㉖声（こえ）をかける——打招呼（詞組）

㉗野鼠（のねずみ）——野鼠（名詞②）

㉘凍える（こごえる）——凍僵（下一段動詞③）

㉙燕（つばめ）——燕子（名詞⓪）

㉚羽（はね）——翅膀（名詞⓪）

㉛凍る（こおる）——結凍（五段動詞⓪）

㉜こちこち——硬梆梆（名詞0）
㉝枯（か）れ草（くさ）——乾草（名詞0）
㉞編（あ）む——編織（五段動詞1）
㉟どっき——形容心臟跳動狀（擬態語）
㊱凍（こご）え死（し）ぬ——凍死（五段動詞4）
㊲の——女性用語，表示婉轉的疑問（終助詞）
㊳氷（こおり）が張（は）る——結冰（詞組）
㊴冬（ふゆ）じゅう——整個冬天（名詞0）
※一日中（いちにちじゅう）（一整天0）
※一年中（いちねんじゅう）（一整年、一年到頭0）
※学校中（がっこうじゅう）（整個學校、全校0）
※世界中（せかいじゅう）（整個世界、全世界0）
㊵ぽかぽか——形容溫暖貌（副詞1）
㊶いらっしゃい——「いらっしゃる」的命令形4）
㊷悲（かな）しがる——「がる」多使用於第三人稱（五段動詞4）

※ほしがる（想要3）
※行きたがる（想去4）
※食べたがる（想吃4）
※うれしがる（覺得高興4）
㊸ぽつんとこぼれる——滴滴搭搭地溢出（詞組）
㊹嫁入り——出嫁（名詞0）
㊺もぐら——鼹鼠（名詞0）
㊻にこにこ顔——笑嘻嘻的臉、高興的樣子（名詞0）
※笑顔（笑臉0）
※手柄顔（居功自傲之神色0）
※あきれ顔（吃驚說不出話來的樣子0）
※我が物顔（那神情就好像那東西是他自己的東西一樣0）
㊼のろのろ——慢吞吞（副詞1）
㊽し——例舉原因（接續助詞）
㊾わがまま——任性、放肆（形容動詞3）

㊿背中（せなか）—背（名詞0）
(51)王（おう）さま—國王（名詞0）
(52)女王（じょおう）—女皇、皇后（名詞2）

【句型提示】

一、……たことがあります（有……過）
だあれも聞いたことがないほど……。

二、……にちょうどいいです（做為……正合適）
こりゃ、息子のお嫁さんにちょうどいい。

三、……だけしか＋否定（只……）
これだけしか言えない。

四、なんて……でしょう（多麼……啊）
なんて可笑しな虫だろうねえ。

五、……なければなりません（不得不……）
一生暗い土の中で暮らさなければなりません。

六、意向形＋と……（想要……而……）

お日さまに最後のお別れをしようと、ちょっと土の上に出た。

七、どうか……てください（請……）

どうか、花の精の女王さまになってください。

【譯文】拇指姑娘

來，我要開始講拇指姑娘的故事囉！

喂，你們看，這是一片很美的花瓣吧！

就是從這樣的花瓣裡生出了一個拇指姑娘。她非常小，剛好像大拇指那麼大。

那就是拇指姑娘。她最喜歡將一片花瓣飄浮在一個盛有水的盤子裡，然後坐在那花瓣上面玩，還唱歌。她用一種從來沒有人聽過的、很美的聲音唱著……。

我乃生於花。

紅色和黃色的鬱金香。

啦啦啦、啦啦啦。

有一天晚上，拇指姑娘正在一個核桃做的搖籃裡睡覺，突然進來了一隻青蛙媽媽。

「噢、這做我的媳婦正合適。」

青蛙媽媽就把拇指姑娘拐跑了。

「ㄍㄨㄚ、ㄍㄨㄚ、ㄍㄨㄚ、ㄍㄨㄚ。」

青蛙兒子只會這樣地叫，連話也不會說。它是一隻很髒的癩蛤蟆。拇指姑娘在睡蓮的葉子上抽抽噎噎地哭。

聽到了哭聲的河裡的魚兒們想要幫拇指姑娘的忙，於是大家一起咬斷了睡蓮的莖。

來、睡蓮的葉子要迅速地漂走了。一直漂到好遠、好遠的地方。

啊、飛來了一隻好大的金龜子。它捉住了拇指姑娘，把她帶到了一棵高大樹木的頂端。在那裡有好多好多金龜子的同伴們。

「什麼!?這孩子只有兩條腿，而且也沒有鬍子。這是多麼滑稽的蟲呀！」

於是拇指姑娘就被丟在雛菊上，沒有人管了。

拇指姑娘一個人孤零零地待在好大好大的樹林裡。不久，冬天來了。

下起雪來了。好冷，好冷。

呼—、呼—地風雪吹到了身上。

拇指姑娘在風雪裡有氣無力地、腳步沉重地走著。

「哎呀！眞可憐，來、來，進來吧！裡面很暖和喲！還有東西吃哪！」

這親切打招呼的是田鼠大嬸。拇指姑娘就在田鼠大嬸溫暖的家裡渡過了冬天。

有一天，拇指姑娘在路上發現了一隻凍僵倒地了的小燕子。眞可憐，它是因爲太冷，所以翅膀凍得不能飛而掉下來的。哇！都變得硬梆梆的了……。

「小燕子，這是很暖和的被子喲！」

說著拇指姑娘就把小燕子放進了一床用乾草編織而成的大被子裡了。

ㄉㄨㄥ、ㄉㄨㄥ、ㄉㄨㄥ（地心臟跳動了）

過了一會兒，燕子的小胸脯動了起來。它沒有凍死而得救了。

「拇指姑娘，謝謝你。我已經不要緊了，能在陽光下飛行了。」

「哎、你說什麼?!外面還是冬天喲！還在下著雪、結著冰哪！」

整個冬天小燕子都是在土裡渡過的。

不久，春天來了。太陽暖洋洋地開始溫暖著大地，一直溫暖到了土壤裡。

「來吧！我要飛到南方去了。拇指姑娘，請你也一起去吧！」

「小燕子，我不能去啊！因爲田鼠大嬸會難過的。」

「ㄐㄧ、ㄐㄧ、ㄐㄧ……。」

小燕子飛向了高空。眼淚從拇指姑娘的眼裡滴滴搭搭地溢了出來。

「來、來，你該準備出嫁了。到了秋天，你就要嫁到隔壁的鼹鼠家去了喲！」田鼠大嬸笑嘻嘻地說著。可是，拇指姑娘不願意。因為鼹鼠又慢吞吞地，如果嫁給了鼹鼠的話，那麼一輩子就得在黑暗的土裡過日子了。可是，田鼠大嬸會說那樣就太任性囉。出嫁的日子終於到了。

拇指姑娘想要和太陽作最後的告別，而稍爲地從地裡出來，到了地面上，就在這個時候、

「喂，來吧！是要到花國去。快騎到我的背上來。」

原來是那隻小燕子來接她了。拇指姑娘越過了原野、越過了高山。

花呀！花呀！花！

紅的、白的、黃的……。

這裡是美麗的花國。在這裡有一位和拇指姑娘差不多大的花仙國王在等著她。

「拇指姑娘，我們正在等著你。請你做花仙皇后吧！」

哪裡還有這麼高興的事呢？當了皇后的拇指姑娘，得到了一對能夠飛到任何地方的白色翅膀。

她好幸福、好幸福。

（完）

十六、仲良しのお友だち

さあ、これから、いろんな動物の出てくるお話を始めますよ。かもしかと、ねずみと、からすと、かめが出てくる「仲良しのお友だち」っていうお話。

ひろうい野原の、誰も知らない草むら①の蔭に、かもしかと、ねずみと、からすと、かめが、一緒に住んでいました。四人は、とっても仲良し②でした。

ぼくたち四人は楽しい仲間③
風のように走るかもしかと
なんでもかじる④ちびっこ⑤ねずみ
どこでも飛んでく真黒からす
のろまなかめはゆっくり歩く
ぼくたち四人はいつでもいっしょ

ところが、ある日のこと。楽しい晩ご飯が始まろうという時……。

「おや……。かもしかさん、どうしたんだろう。まだ帰ってこないよ。チュー。」

「あんまり遠くまで走って、帰れなくなったのかな。カー。」

「ぼくに重い甲ら⑥がなかったら、すぐ捜しに行くんだがなあ。」

一体、かもしかは、どうしたんでしょう。

どうして、晩ご飯になっても帰ってこないんでしょう。

もう、外は真暗。

「ぼく、捜しに行ってくる。」

からすは、そう言ったかと思うと、バタバタ⑦ッとはばたき⑧して、夜空⑨へ飛んでいきました。

ひろうい野原には、だあれもいません。

「かもしかさん、……。」

「……」

なんにも返事はありません。

「かもしかさん、かもしかさあん。」

「……」

それでも、返事はありません。からすは、一生懸命あっちこっち⑩捜しました。

野原の向こうの森まで飛んでいきました。

「からすさん、ここだよ。わな⑪に掛か⑫ったんだよ。」

あっ、かもしかの声です。かりゅうど⑬の仕掛け⑭たわなに掛かってしまったのです。さあ、たいへん。かりゅうどの来ないうちに助け出せるでしょうか。

からすは、ありったけ⑮の力で飛んで、うちへ帰りました。

「かもしかさんが大変だ。すぐ、ぼくに付いて⑯きて。」

ねずみとかめはびっくり。おおあわてで、からすに付いていきました。ねずみは、ちょろちょろ走り⑰ですばしこ⑱く、かめは、汗をかきかき、ゆっくりゆっくり。

「かもしかさん、助けてあげる。今、なわをかじるから。」

ねずみは、わなを結んであるなわを、錐⑲のような歯でかじり始めました。

がりがりがりがりそれ⑳急げ
強いなわだって平気だよ
それ急げ、やれ急げがりがりがりがり

ねずみが、夢中でかじっているうちに、だんだん夜が明け㉑てきました。

がんばれがんばれねずみさん

かりゅうどがこないまにそれ急げ
もう一息㉒だほれ急げ、カーカーカー
プッツーン㉓。切れました。なわが切れました。かもしかは、ぴょうんとわなから跳び出しました。

「ありがとう。」

うれしくてうれしくて、あたり㉔を跳びはねました。

それから自由になった足で、そこらじゅう㉕を走り廻りました。

すると、その時、

「誰だ、わなをはずしたのは。」

ぬうっと現われたのはかりゅうどです。かりゅうどはかんかんに怒りました。

「ただでは置かない㉖ぞ。」

ねずみは、あわてて、穴の中にちょろちょろ。からすは、たかあい木の小枝㉗にこそっ㉘。

かもしかは、一目散に㉙走って、やぶの蔭にすっぽり㉚。

かりゅうどはぷりぷり怒りながら、さんざん㉛その辺を捜しました。ところが、ちょうどそこへ現われたのが、かめ。

ゆっくりゆっくりぼくは歩く
重いこうらを背負㉜って歩く
友だち助けにやってきた
えっちら、おっちら㉝、えっちらこ
「よう、かめこうか㉞。こりゃあいい。スープにするのにちょうどいい。」
かりゅうどはそう言って、かめをぽいっと袋の中へほうり込みました。
さあ、またたいへん。かめは、スープにされてしまうでしょうか。
どうしてどうして。やぶの蔭から　これを見ていたかもしかが、黙っていません。いきなり
㉟、かりゅうどの目の前に跳びだしたのです。
「あっ、かもしかか。どこに隠れていたんだ。もう、逃がすものか。」
かりゅうどは、いそいでつかまえ㊱ようとしました。すると―。
かもしかは、くるりと向㊲を換えたかと思うと、風のように走っていったのです。すっかり
怒ったかりゅうどは、袋もなにもほうりだして、後を追いかけ㊳ていきました。とてもとても、
かもしかに追い付く㊴はずはありません。そのまに、穴に隠れていたねずみは大急ぎで出てき
ました。そして、かめのとじこめ㊵られている袋のひもをぷっつりかみきったのです。

もう大丈夫。ねずみと、かめと、からすが大喜びでいるところへ、かもしかも来ました。四人そろって、なお安心。四人は仲良しの歌を歌いながら、森をぬけ、野原を通って、家へ帰っていきました。

ぼくたち四人は楽しい仲間
風のように走るかもしかと
なんでもかじるちびっこねずみ
どこでも飛んでくまっくろからす
のろまなかめはゆっくり歩く
ぼくたち四人はいつでもいっしょ

（おわり）

【注釋】
①草むら——草叢（名詞⓪）
②仲良し——相好、親密（名詞②）
③仲間——伙伴（名詞③）

④かじる——咬、嗑（五段動詞[2]）
⑤ちびっこ——矮子（名詞[1]）
⑥甲(こう)ら——龜蟹等的甲殼（名詞[0]）
⑦バタバタ——翅膀拍打聲（擬聲語[1]）
⑧はばたき——振翅（名詞[4]）
⑨夜空(よぞら)——夜空（名詞[2]）
⑩あっちこっち——到處（副詞[4]）
⑪わな——（捕野獸使用的）圈套（名詞[1]）
⑫わなに掛(か)かる——中圈套（詞組）
⑬かりゅうど——獵人（名詞[2]）
⑭仕掛(しか)ける——裝置、安裝（下一段動詞[3]）
⑮ありったけ——所有地（副詞[0]）
⑯付(つ)いてくる——跟著來（詞組）
⑰ちょろちょろ走(ばし)り——小動物快跑（詞組）
⑱すばしこい——敏捷的（形容詞[4]）

⑲錐(きり)——錐子（名詞[1]）

⑳それ——欲引起對方注意時使用（感嘆詞[1]）

㉑夜(よ)が明(あ)ける——天亮（詞組）

㉒一息(ひといき)——一把勁、一點努力（名詞[2]）

㉓プッツーン——繩子等斷裂聲（擬聲語）

㉔あたり——附近（名詞[1]）

㉕そこらじゅう——整個那一帶（名詞[0]）

㉖ただでは置(お)かない——不這樣就算了、不便宜你（詞組）

㉗小枝(こずえ)——樹梢（名詞[0]）

㉘こそっ——迅速狀（擬態語）

㉙一目散(いちもくさん)に——一溜烟地（副詞[3]）

㉚すっぽり——蒙頭狀（擬態語[3]）

㉛さんざん——厲害、兇狠（副詞[0]）

㉜えっちら、おっちら——用力時的喊聲（擬聲語[1]−[1]）

㉝背負(せお)う——揹（五段動詞[2]）

㉞かめこうか――「こう」是「公」，本來是用來稱呼達官貴人，在此是作諷刺用（詞組）
㉟いきなり――突然（副詞[0]）
㊱つかまえる――抓、捉（下一段動詞[0]）
㊲向――方向（名詞[1]）
㊳追いかける――追趕（下一段動詞[4]）
㊴追い付く――趕上、追上（五段動詞[3]）
㊵とじこめる――關在裡面（下一段動詞[4]）

【句型提示】

一、意向形＋という時……（正要……的時候……）

楽しい晩ご飯が始まろうという時……。

二、……たら……んだがなあ（表示希望能夠實現與現狀相反的事之意，可譯為「要是……的話，就……了，可是」）

ぼくに重い甲らがなかったら、すぐ捜しに行くんだがなあ。

三、……たかと思うと……（表示動作非常迅速之意，迅速得好像前面的動作尚未完成時，接著

的動作就已經開始了）

からすは、そう言ったかと思うと、バタバタッとはばたきして、夜空へ飛んでいきました。

かもしかは、くるりと向を換えたかと思うと、風のように走っていったのです。

四、……うちに……（趁著……）

かりゅうどの来ないうちに助け出せるでしょうか。

五、……のにちょうどいいです（用來……正合適）

スープにするのにちょうどいい。

六、とてもとても＋否定（怎麼也不……）

とてもとても、かもしかに追い付くはずはありません。

七、……はずはありません（不可能……）

かもしかに追い付くはずはありません。

八、……ところへ……（正在……時……）

かめとからすが大喜びでいるところへ、かもしかも来ました。

【譯文】　好朋友

來，我現在要開始講一個有各種動物的故事囉！這是一個有羚羊、老鼠、烏鴉和烏龜的故事，名字叫做「好朋友」。

在一個廣大的原野上，有一塊誰也不知道的草叢，草叢裡住著有羚羊、老鼠、烏鴉和烏龜。他們四個人是非常要好的朋友。

我們四個是快樂的伙伴，

奔馳如風的羚羊，

什麼都嗑的矮老鼠，

到處能飛的黑烏鴉，

慢吞吞的烏龜慢步走，

我們四個人隨時都相處在一起。

可是，有一天，當快樂的晚餐正要開始的時候、

「呀、羚羊大哥是怎麼啦?!還不回來呢！ㄑㄧㄡ。」

「會不會是跑得太遠回不來了呢？ㄍㄚ。」

「我要是沒有這個沉重的殼的話，我立刻就去找啦！」

羚羊到底是怎麼了呢？

爲什麼到了晚餐時間還不回來呢？

外面已是漆黑一片了。

「我去找一下就回來。」

烏鴉動作很快，快得好像還沒有說完這話就已經「ㄆㄚ　ㄉㄚ、ㄆㄚ　ㄉㄚ」地展翅飛向了夜空。

在廣大的原野上一個人也沒有。

「羚羊大哥……。」

「……」

什麼回音也沒有。

「羚羊大哥、羚羊大哥。」

「……」

仍然沒有回音。烏鴉拼命地到處尋找。

它飛到了原野那邊的森林裡。

「烏鴉老弟，我在這裡呀！我中了圈套啦！」

啊、是羚羊的聲音。原來羚羊是中了獵人安放的圈套了。啊、不得了！能不能趁著獵人還沒來時把它救出來呢？

烏鴉用所有的力氣飛了回家。

「羚羊大哥不得了啦！你們立刻跟我去！」

老鼠和烏龜嚇了一跳，急忙地跟著烏鴉去了。老鼠是很快地跑著，非常靈敏，而烏龜是汗流浹背、慢吞吞。

「羚羊大哥，我來救你。我現在就來嗑繩子。」

老鼠把繫著圈套的繩子用錐子一般的利齒開始嗑了起來。

ㄎㄚ ㄔㄚ、ㄎㄚ ㄔㄚ 趕快嗑，

雖然是結實的繩子也不在乎喲！

喂、趕快，嘿、趕快，趕快ㄎㄚ ㄔㄚ嗑。

就在老鼠拼命嗑的時候，漸漸地天亮了起來。

加油、加油老鼠老弟，

趁著獵人還沒來時嘿趕快，

就差一點啦嘿趕快、ㄍㄚ ㄍㄚ ㄍㄚ。

「ㄆㄚ」地斷了，繩子斷了。羚羊一躍就從圈套裡跳了出來。

「謝謝你。」

羚羊好高興好高興，在附近跳來跳去。

然後用它那恢復了自由的脚把那塊地方跑了一圈。

這時突然、

「是誰?!解開圈套的是誰?!」

冒出了一個人來，他就是獵人。獵人火冒三丈怒氣冲天。

「我可不會白白地便宜了你啊！」

老鼠慌張得迅速地鑽進了洞裡面，烏鴉很快地飛到了一棵高高樹木的樹梢上，羚羊一溜烟地跑掉而把頭蒙到了樹叢後面。

獵人火冒三丈地、兇狠地在搜尋那一帶。可是，這時剛好在那出現了一個動物，它就是烏龜。

慢吞吞、慢吞吞地走著，

身背重殼地走著，

來到此地救助朋友。

ㄏㄟ ㄙㄡ、ㄏㄡ ㄙㄡ、ㄏㄟ ㄙㄡ ㄙㄡ。

「啊、原來是烏龜大人啊！這太好啦！剛好把你煮成湯來喝。」

獵人那麼說著，就把烏龜輕輕地丟進了袋子裡。

唉呀、又不得了啦！烏龜是不是會被煮成湯呢？

怎麼辦呢？怎麼辦呢？從樹叢後面看到了這情形的羚羊沒有沈默，它突然跳到了獵人的眼前。

「啊、原來是羚羊啊！你剛才是躲到哪裡了。看我會不會讓你跑了？」

獵人忽忙地想要抓住羚羊。而這麼一來、

羚羊急轉了個方向，可是由於羚羊的動作實在是太快了，所以讓人覺得它好像還沒有轉方向似地就已經像風一般地跑掉了。氣極了的獵人把袋子什麼的都扔掉了，在後面追趕著。怎麼也、怎麼也不可能趕得上羚羊。這時，躲在洞裡的老鼠急忙地出來了。然後，把那個被關著有烏龜的袋子的帶子「ㄎㄚ ㄔㄚ」地一聲就咬斷了。

已經安全得很沒問題啦！當老鼠、烏龜和烏鴉正高興的時候，羚羊也來了。因為四個人都到齊了，所以就放心了。四個人一邊唱著好朋友的歌，一邊穿過森林、通過原野而回家去了。

我們四個是快樂的伙伴，

奔馳如風的羚羊，

什麼都嗑的矮老鼠，

到處能飛的黑烏鴉，

慢吞吞的烏龜慢步走，
我們四個人隨時都相處在一起。

（完）

十七、桃太郎(上)

可愛い子

みなさん、鬼が島①って、なんだか知っていますか。恐ろしい②鬼の住んでいたところですよ。さあ、これから、その鬼が島へ征伐③にでかけた桃太郎の勇ましい④お話を始めましょう。

いけっ。桃太郎、桃太郎、桃太郎。
つよくやさしく、元気な桃太郎。
鬼が島へ、鬼が島へ、桃太郎。
わるうい鬼ども征伐に。

そうです。それは、まだ、恐ろしい鬼どものあばれまわ⑤っていた頃のことでした。ある所に、おじいさんとおばあさんが住んでいました。

今日も、おじいさんは山へ木を切りに、おばあさんは川へせんたくにでかけました。

ジャブ、ジャブジャブジャブ⑥……。おばあさんがせんたくものを洗っていると、

「おやっ。おやおやおやおやおや。」

なにか、どんぶらこ⑦、どんぶらこと流れてくるではありませんか……。

あ、桃です。それは大きな⑧桃でした。おばあさんは、それを拾い上げる⑨と、大急ぎで、
うちへ持って帰りました。

おじいさんも、山から帰ってきました。

「なんじゃ⑩と。川で拾ったのじゃと。おお、それにしても、大きくておいしそうな桃じゃのう⑪。見ていると、よだれ⑫が出て来そうじゃ。おばあさんや⑬、ほうちょう⑭を取っておくれ⑮。割⑯ってみるとしよう。」

おじいさんがほくほく⑰しながら、その大きな桃をほうちょうで切ろうとすると、スポン⑱。


ぽかりっ⑲。桃太郎、桃太郎、桃太郎。

つよく可愛く、元気な桃太郎。

桃から生まれ⑳、桃から生まれた桃太郎。

不思議な子ども、桃太郎。


「おじいちゃん、おばあちゃん、こんにちは。」

「ありゃりゃりゃりゃりゃ、桃の中から、男の子が飛び出したぞ。」

「まあ、なあんて可愛い子どもでしょう。うちの子にして、桃太郎って名前を付け㉑てやり

ましょうよ。おじいさん。」

それから何年か経ちました。桃太郎は、元気で大きな男の子になりました。

「森の小鳥たち、飛んでおいで。えさ㉒をあげるよ。」

「おじいさん、そんな木は、ぼくが抜㉓いてあげますよ。えいっ。」

こんなに気のやさしい、そして力持㉔の桃太郎になったのです。


（おわり）

【注釋】

①鬼が島——鬼之島（名詞3）
這種介於兩個體言之間的「が」，是文言文的連體助詞，相當於口語的「の」。此用法已不多見。

②恐ろしい——可怕的（形容詞4）

③征伐——征服、征討（名詞1）

④勇ましい——勇敢的、英勇的（形容詞4）

⑤あばれまわる——到處作亂（五段動詞5）

⑥ジャブジャブ——攪動水的聲音（擬聲語1）
⑦どんぶらこ——重物在水中沉浮狀（擬態語1）
⑧大(おお)きな——大的（連體詞1）
⑨拾(ひろ)い上(あ)げる——拾起、撿起來（上一段動詞5）
⑩なんじゃ——「じゃ」是老人用語，等於「だ」（詞組）
⑪のう——老人用語，等於「なあ」（終助詞）
⑫よだれ——口水（名詞0）
⑬や——加在稱呼之後，多用於父母叫喚孩子（間投助詞）
⑭ほうちょう——菜刀（名詞0）
⑮取(と)っておくれ——「くれ」是「くれる」的命令形，其上加「お」是表示親密（詞組）
⑯割(わ)る——切開、割開（五段動詞0）
⑰ほくほく——喜悅貌（副詞1）
⑱スポン——硬物裂開聲（擬聲語）
⑲ぽかりっ——硬物裂開狀（擬態語）
⑳うまれる——出生（下一段動詞0）

㉑名前を付ける——取名字（詞組）
㉒えさ——餌食（名詞2）
㉓抜く——抜（五段動詞0）
㉔力持——有力氣的人（名詞3）

【句型提示】

一、地方＋へ……にでかけます（出門去……做……）
川へせんたくにでかけました。

二、……と……（一……就……）
それを拾い上げると、大急ぎで家へ持って帰りました。

三、……としましょう（就決定……吧）
割ってみるとしよう。

四、意向形＋とすると……（正要……時，忽然……）
桃をほうちょうで切ろうとすると、スポン。

五、なんて……でしょう（多麼……啊）

なあんてかわいい子どもでしょう。

六、……を……にします(把……當做……)

この子をうちの子にして、桃太郎って名前を付けてやりましょうよ。

【譯文】桃太郎(上)

可愛的小孩

各位,你們知道所謂的鬼島是什麼嗎?那是一個住著有可怕的鬼的地方。來,現在我就開始講這個去征服這鬼島的桃太郎的英勇故事吧!

前進!桃太郎、桃太郎、桃太郎。

強壯溫柔、有精神的桃太郎。

前往鬼島、前往鬼島,桃太郎。

前往鬼島除惡鬼。

是的。那是發生在可怕的惡鬼們還在到處作亂的時候的事情。有一個地方,住著一位老公公和一位老婆婆。

這天也是和往常一樣,老公公上山去砍柴、老婆婆到河邊去洗衣服。

ㄏㄨㄚ ㄌㄚ、ㄏㄨㄚ ㄌㄚ……，老婆婆正在洗衣服。這時，忽然、

「哎呀、呀呀呀。」

那不是有一個什麼沉重的東西在水面上漂呀漂地漂過來了嗎？

啊、是個桃子。原來是一個好大的桃子。老婆婆把它拾了起來，就急急忙忙地拿回家去了。

老公公也從山上回來了。

「你說什麼？你說是在河裡撿的？噢，再怎麼說這也是個很大而且看起來好像很好吃似的桃子啊！看著、看著，ㄇ水好像就要流出來了。老太婆呀、幫我把菜刀拿來，切開來看看吧！」

老公公歡歡喜喜地正要用菜刀切開那個大桃子時，「ㄆㄥ」地一聲、

破桃而出，桃太郎、桃太郎、桃太郎。

強壯可愛、有精神的桃太郎。

生於桃子、生於桃子的桃太郎。

奇妙的小孩桃太郎。

「爺爺、奶奶，你們好。」

「你看你看你看，從桃子裡跳出來了一個男孩啊！」

「哇、多麼可愛的孩子啊！就做為我們的孩子，給他取個名字叫桃太郎，好不好啦!?老頭子。」

過了幾年，桃太郎成了一個強壯的大男孩。

「森林裡的小鳥們，飛過來吧！我要餵東西給你們吃喲！」

「爺爺，那樣的樹，我來幫你拔吧！哎喲！」

桃太郎變成了這樣一位又溫柔而且又很有力氣的人。

（完）

十八、桃太郎（下）

鬼が島へ征代に

ところが、ある日のこと。

「大変だ、大変だあ。鬼が島の鬼がやってきたぞう。」

国中は大騒ぎになりました。こわい鬼どもがあばれまわって、宝物①をとり、鬼が島へ引上げ②ていきました。

「おじいさん。あの鬼どもをほうっておく③と、いつまでもみんなひどい目に会④わされます。ぼくが、鬼が島へ行って、こらしめ⑤てきてやります。」

桃太郎はそう言って、鬼がころが⑥してきた、大きな岩⑦を、げんこつ⑧で、

「えいっ。」

バン⑨。ガラ、ガラガラガラ⑩。

すごういっ。岩は、ガラスのコップみたいに砕け散⑪りました。それを見て、おじいさんは、こっくりを⑫しながら言いました。

「行っておいで、桃太郎や。りっぱに鬼どもをやっつけ⑬てくるんじゃよ。」

桃太郎が、鬼が島へ向かって進んでいくと、ぴょん⑭。一匹の猿が目の前に飛び出しました。

「キャッキャ、キャッキャ。ぼくも鬼退治につれていってください。この手で鬼をひっか⑮いてやります。」

ワン、ワンワンワンワン。今度は、犬が飛び出してきました。

「悪い鬼どもを退治する⑯のなら、歯のいい、このわたしをつれていってください。」

ケン、ケーン。きじ⑰も舞い降り⑱てきました。

「桃太郎さん、わたしは空からこのくちばし⑲でやっつけてみせまあす。」

「ようし、みんな進めっ。」

「えい、えい、おうう。」

桃太郎たちは、勇⑳んで鬼が島へ進んでいきました。

あ、海です。海の向こうにぽっかり㉑浮ぶ、真黒くて気味の悪い㉒島、あれが鬼が島です。

桃太郎たちは、船でこっそり㉓鬼が島へたどりつ㉔きました。

「よし、きじくん、空から様子を探㉕ってこい。」

「はい。」

「桃太郎さん、ほうこうく。鬼どもは、取ってきたお酒を飲んだり、ごちそうを食べたりして、大騒ぎです。」

「よし、猿くん、得意の木登り㉖で鬼の城へ忍び込㉗め。犬くんとぼくは、城の門から突撃する㉘。それ、いけっ。」

さあ、桃太郎たちの突撃です。身軽㉙な猿は、するする㉚っと城のへいをよじのぼ㉛り、門番㉜の鬼をキャッキャッとひっかきます。メリメリ㉝ッと城の門を打破㉞った桃太郎は、かたっぱしから㉟鬼を、えい、おう㊱っと投げ飛ば㊲します。

犬はがぶっがぶっと鬼にかみつ㊳きます。

「た、たすけてくれえっ。」

と、逃げ出す鬼どもに、きじが空から舞い降りてきて、とが㊴ったくちばしで、

「えいっ。これでもか㊵、これでもか。」

「う、おうおう、参㊶った。もう、悪いことはしません。降参㊷、こうさあん。」

鬼どもは、地面に額をすりつけ㊸て、桃太郎たちにあやま㊹りました。

「さあ、もう鬼どももあばれ㊺ないよ。取られた宝物を取り返㊻して、みんなのところへ帰るんだ。さあ、みんな、万歳だ。」

ワンワン、ワーン。

キャッ、キャッ、キャッ、キャッ、キャー。

ケン、ケーン。

犬、猿、きじたちの万歳の声は、穏やか㊼になった鬼が島の空に響き渡㊽りました。

万歳、万歳。

桃太郎、桃太郎、桃太郎。

つよくやさしく、元気な桃太郎。

鬼が島の鬼が島の桃太郎。

悪い鬼ども、降参だ。

めでたし㊾、めでたし。

（おわり）

【注釋】

①宝物——貴重物品、寶物（名詞4）

②引上げる——返回、撤回（下一段動詞4）

③ほうっておく——置之不管、丟著不管（詞組）
④ひどい目に会う——倒楣、受罪、吃苦頭（詞組）
⑤こらしめる——教訓、懲罰（下一段動詞4）
⑥ころがす——滾、使……滾轉（五段動詞0）
⑦岩——大石頭、巖（名詞2）
⑧げんこつ——拳頭（名詞0）
⑨バン——爆破聲、敲擊聲（擬聲語）
⑩ガラガラ——硬物相撞聲（擬聲語1）
⑪砕け散る——粉碎墜落（五段動詞4）
⑫こっくりをする——點頭（詞組）
⑬やっつける——打敗、整一頓（下一段動詞4）
⑭ぴょん——蹦蹦跳跳狀（擬態語1）
⑮ひっかく——抓、搔（五段動詞3）
⑯退治する——消滅、撲滅（サ變動詞0）
⑰きじ——野雞（名詞0）

⑱舞い降りる——飛下來（上一段動詞[4]）

⑲くちばし——鳥嘴、喙（名詞[0]）

⑳勇む——勇敢、奮勇（五段動詞[2]）

㉑ぽっかり——漂浮狀（擬態語[3]）

㉒気味が悪い——可怕的、毛骨悚然的（詞組）

㉓こっそり——悄悄地（副詞[3]）

㉔たどりつく——摸索到達、好不容易才走到（五段動詞[4]）

㉕探る——偵探（五段動詞[2]）

㉖木登り——爬樹（名詞[2]）

㉗忍び込む——悄悄進入、潛入（五段動詞[0]）

㉘突撃する——衝鋒（サ變動詞[0]）

㉙身軽——身體輕便的、靈敏的（形容動詞[0]）

㉚するする——迅速順利地（副詞[1]）

㉛よじのぼる——爬上、攀登（五段動詞[4]）

㉜門番——看門的人（名詞[1]）

㉝メリメリ——變破爛狀（副詞[1]）
㉞打破る——打壞（五段動詞[4]）
㉟かたっぱしから——一個接一個地（詞組）
㊱えい、おう——哎呀啊呀（擬聲語）
㊲投げ飛ばす——甩起來、甩出去（五段動詞[4]）
㊳かみつく——咬（五段動詞[3]）
㊴とがる——尖（五段動詞[2]）
㊵これでもか——「でも」是「之類」的意思（詞組）
㊶参る——認輸、服輸、折服（五段動詞[1]）
㊷降参——投降（名詞[0]）
㊸すりつける——磨擦（下一段動詞[4]）
㊹あやまる——道歉（五段動詞[3]）
㊺あばれる——亂鬧（下一段動詞[0]）
㊻取り返す——拿回、取回（五段動詞[3]）
㊼穏やか——寧靜的、平靜的（形容動詞[2]）

㊽響き渡る——響遍（五段動詞5）

㊾めでたし——「めでたい」的文語說法（形容詞3）

【句型提示】

一、……をほうっておきます（表示放著不管、不理睬之意）

あの鬼どもをほうっておくと、いつまでもみんなひどい目に会わされます。

二、……てみせます（以「做給……看」來表示決心、意志）

このくちばしでやっつけてみせまあす。

三、……たり……たりする（表示列擧之意，可譯爲「……啦……啦什麼的」）

お酒を飲んだり、ごちそうを食べたりして、大騒ぎです。

【譯文】　桃太郎（下）

前往鬼島除惡鬼

可是，有一天。

「不得了啦！不得了啦！鬼島上的鬼來啦！」

整個家鄉都騷動了起來。可怕的鬼們到處作亂，拿走貴重物品而將其帶回鬼島去。

「爺爺，如果將這些鬼們置之不管的話，大家永遠都會倒楣的。我要到鬼島去教訓他們一頓。」

桃太郎說著就用拳頭把鬼滾過來的大石頭，

「嘿——！」

ㄆㄧㄤ。ㄏㄨㄚ ㄌㄚ、ㄏㄨㄚ ㄌㄚ。

眞厲害！只見大石頭就像玻璃杯似地粉碎墜落了。看到了這情形，老公公點頭說道：

「去吧！桃太郎。你要好好地打敗那些鬼喲！」

桃太郎朝著鬼島前進，這時忽然有一隻猴子跳到了眼前。

「ㄎㄧㄚ ㄎㄧㄚ、ㄎㄧㄚ ㄎㄧㄚ，請你也帶我去滅鬼吧！我會用我的爪子抓鬼。」

ㄨㄤ、ㄨㄤ ㄨㄤ ㄨㄤ ㄨㄤ，這次跳出了一隻狗來。

「如果你是要去消滅那些惡鬼的話，請把牙齒好的我帶去吧！」

《ㄨ、《ㄨ，野雞也飛了下來。

「桃太郎，我一定從空中用我的嘴去整他們一頓。」

「很好，大家前進！」

「嘿！嘿！荷！」

桃太郎們勇敢地向鬼島前進。

啊、是海。在海的那一邊漂浮著一個黑漆漆的、可怕的島嶼，那就是鬼島。桃太郎們坐著船悄悄地摸索到了鬼島。

「喂、野雞兄，你從空中去偵探一下情況。」

「是。」

「桃太郎，報告！那些鬼們喝著搶來的酒啦、吃著美食啦，正在狂歡。」

「好的，猴兄，你用你那拿手的爬樹本領潛入惡鬼城堡。狗兄和我從城門衝鋒攻擊。好！前進！」

來，現在就是桃太郎們的衝鋒攻擊了。身體輕便靈敏的猴子迅速順利地爬上了城牆，「ㄎㄧㄚ」地叫著抓那個看守城門的鬼。把城門打壞得亂七八糟的桃太郎，用力地把那些鬼們一個接一個地全都甩了起來。

狗就大口大口地咬那些鬼。

「救、救命呀！」

野雞從空中飛下來，一邊用尖尖的嘴啄這些喊著想要逃走的鬼們，一邊說道：

「嘿，嚐嚐這個吧？嚐嚐這個吧？」

「噢、噢噢，我服了。我再也不做壞事了。投降、投降！」

鬼們趴在地上磕頭，向桃太郎們認錯。

「好了，鬼們再也不會作亂了。我們拿回被搶的財寶，回到鄉親那裡去吧！走、大家萬歲！」

ㄨㄤ ㄨㄤ、ㄨㄤ。

ㄎㄧㄚ、ㄎㄧㄚ、ㄎㄧㄚ。

ㄍㄨ、ㄍㄨ。

狗、猴子、野雞們叫喊的萬歲聲音響遍了寧靜了的鬼島上空。

萬歲、萬歲！

桃太郎、桃太郎、桃太郎。

強壯溫柔、有精神的桃太郎。

鬼島的、鬼島的桃太郎。

惡鬼們投降啦！

圓滿大吉可喜可賀。

（完）

十九、ほらふき先生

えっへん①。わしは、世界一の大冒険家フォン・カール・フリードリッヒ・ミュンヒハウゼンというもんじゃ。

これから、わしのおもしろい話を聞かせ②よう。もちろん、本当の事、ほら③は一つもはいってお④らん。よいかな。

ほらふきせんせい、
ほらばかり。
ほらほら、もうほら
はじまった。
せかいでいちばん
ほらふきじょうず。
ほらふきせんせい、
ほらばかり。

では、ロシヤ⑤へ行った時のことから始めよう。

いやあ、まったく、ロシヤの寒さと言ったら……。なにしろ、お日さま⑥までが寒さで凍え⑦て、空にこちんこちんに⑧凍付いているじゃからな。上がることも、沈むこともできん。だから、いつまで経っても夜にならないのじゃ。わしは、その寒さの中を馬車に乗って、広い雪の野原を進んでいった。

ところが、突然、ミルクのようなこうい霧がでてきた。前が見えなくなった。

「こりゃ、いかん。向こうから馬車でも来たらガシャーン⑨と衝突⑩じゃ。」

わしは、さっそく、馬車の御者⑪に言った。

「おうい、衝突よけ⑫に、らっぱを吹けっ。」

「へえいっ。」

御者は、らっぱを口に当てると、顔を真赤にして、力いっぱい吹いたが……。

フー、フーッ⑬。ありゃりゃ、まるで鳴らぬではないか。

「だめじゃ。わしにかしてみろ……。」

　　フフフーッ、フーッ。

「ちえっ、このらっぱ、こわれとるぞ。」

わしは、鳴らないらっぱに腹が立ったので、口に当てて、覚えている曲を、次から次へと⑭らっぱの中へ吹き込⑮んでやった。ううん、もちろん、らっぱのやつ、プーともスーとも言わな⑯かった。

そのうち、馬車はやっと宿屋⑰にたどりつ⑱いた。

御者のやつめ、わしより先に宿屋へ駆け込み、らっぱを壁に掛けると、ストーブにかじりつ⑲いた。

わしも急いでストーブの所へいき、御者といっしょに坐った。

「ふう……。あったかい……。」

からだがとろけ⑳そうじゃった。

ところが、その時じゃ……。

勇ましい㉑らっぱの音が宿屋中に響きわたり、わしは、天井にぶつかるほど、ボーンと跳び上が㉒った。その音は、誰も吹かないのに、さっきの鳴らないらっぱから出てきたからじゃ。

「ははあん。」

わしは、やっとわけが分かった。あんまり雪の野原が寒かったので、音がらっぱの中に凍付いてしまったのだ。それが、ストーブの火で温められて、溶けて流れ出てきたというわけだ。

いや、それからあとが、また、愉快。わしの吹込んだ曲が、次から次へとらっぱから溶けて出てくるんじゃからな。

ほらふきせんせい、

ほらばかり。

ほらほら、またほら

はじまった。

宿屋中の人たちは、みんなうっとり㉓、わしの曲に耳を傾け㉔た、というわけだ。いや、まったくすばらしい音楽会じゃったよ。ううん。

さあて、それからわしは、仲良しの王さまのいる国トルコ㉕へ向かった。馬車じゃなくて、馬に乗ってな。

ところが、沼㉖の所へ来た。浅そうに見えたから、水の中へ馬を乗入れる㉗と、こりゃ、いかん。ずぶずぶ㉘沈みだした。

よしっ。吾輩は、乗っている馬の立髪㉙をつかむと、思いっきり上へ持上げた。うまいっ。馬は沼の上へ上がってきた。わしは馬を吊上げ㉚て、無事に沼を渡り切㉛ったんじゃよ。

トルコに着くと、王さまは大喜び。

「ややあ、ミュンヒハウゼンか。よくきてくれた。わしを助けてくれぬかな。とても困っとるんじゃが。」

王さまの話を聞くと、トルコは、敵の城を攻め㉜ている最中だが、城の中の様子がさっぱり分からん。そこで、わしに一つ、調べてほしい、というわけなんじゃ。

「ふうん、なるほど。では、わしがブーンと飛んでいって、様子を見てきてあげよう。」

わしは、王さまにそう言うと、敵の城をねらっている、大きな大砲の筒㉝の上に、ひらりと㉞飛び乗った。

「それ、うてっ。」

ドーン㉟。

ビューン㊱。

真黒い大きな玉が、大砲から飛出した時、わしは、馬にまたがるように、玉の上に跳乗った。

ビューン。

いや、速いのなんの……。みるみる㊲敵の城近く飛んできた。

「おう、城の様子がすっかり見えたぞ。ははあん、敵さん、だいぶ弱ってきているわい。しめたぞ。」

わしはにたりと笑ったが、

「あっ、たいへん。このまま飛んで行くと、敵の城の真中へドシン㊳だ。こりゃ、困ったぞ。どうしよう……。」

ちょうどその時だ。敵の城からも、大きな大砲の玉㊴がうなりながら飛んできた。そして、二つの大きな大砲の玉が空中ですれちが㊵おうとした時、

「いまだっ。」

わしは、ひらりと敵の玉に飛び移った。

こうして、わしは、無事に王さまの城に飛んで帰り、敵の様子を詳しく知らせたというわけだ。おかげで、味方㊶は大勝利。ほうびに、国を半分もらったというわけだ。どうじゃ、吾輩の腕前、世界一の空中サーカスの名人でもあることが、これでよく分かったろう。おっほん。

　　ほらふきせんせい、
　　　ほらばかり。
　　ほらほら、またほら
　　　はじまった。
　　せかいでいちばん

ほらふきじょうず。

ほらふきせんせい、

ほらばかり。

（おわり）

【注釋】

①えっへん——老人在說話前用鼻子發出的「嗯嘿」聲，藉此引起對方之注意（擬聲語）

②聞かせる——說給…聽、講給…聽（下一段動詞[0]）

③ほら——吹牛（名詞[1]）

④はいっておる——裡面有（詞組）

⑤ロシヤ——蘇俄、俄國（名詞[1]）

⑥お日さま——太陽（名詞[0]）

⑦凍える——凍僵（下一段動詞[0]）

⑧こちんこちんに——硬梆梆地（擬態語）

⑨ガシャーン——大東西猛烈碰撞聲（擬聲語）

⑩衝突(しょうとつ)——撞車、撞上(名詞0)

⑪御者(ぎょしゃ)——車夫(名詞1)

⑫衝突(しょうとつ)よけ——避免撞車(名詞)

※どろよけ(車輪上的擋泥板0)

※まよけ(避邪、避邪物3)

※かみなりよけ(避雷針0)

※ひよけ(窗外的遮太陽幕3)

⑬フー、フーッ——呼呼的吹氣聲(擬聲語)

⑭次(つぎ)から次(つぎ)へと——一個接一個地(詞組)

⑮吹(ふ)き込(こ)む——吹進(五段動詞3)

⑯プーともスーとも言わない——一響也不響、半點聲音也不發(詞組)

⑰宿屋(やどや)——旅館、旅店(名詞0)

⑱たどりつく——好不容易才走到(五段動詞4)

⑲かじりつく——固守不離、抓住不放(五段動詞4)

⑳とろける—溶化(下一段動詞3)

㉑勇ましい——雄壮的、勇敢的（形容詞[4]）
㉒跳び上がる——跳起來（五段動詞[4]）
㉓うっとり——入神地、出神地（副詞[3]）
㉔耳を傾ける——傾聽（詞組）
㉕トルコ——土耳其（名詞[1]）
㉖沼——沼澤（名詞[2]）
㉗乗入れる——乘坐著交通工具進入（下一段動詞[4]）
㉘ずぶずぶ——陷入泥中貌（副詞[1]）
㉙立髪——馬鬃（名詞[0]）
㉚吊上げる——往上提、吊起（下一段動詞[4]）
㉛渡り切る——橫渡（五段動詞[4]）
㉜攻める——攻打、攻（下一段動詞[2]）
㉝筒——筒、砲筒（名詞[2]）
㉞ひらりと——輕輕地、機敏地（副詞[3]）
㉟ドーン——大砲聲（擬聲語）

㊱ビューン——砲彈飛行時的叫聲（擬聲語）

㊲みるみる——看著看著、眼看著（副詞①）

㊳ドシン——重物落地聲（擬聲語）

㊴大砲（たいほう）の玉（たま）——大砲的砲彈（詞組）

㊵すれちがう——交錯（五段動詞④）

㊶味方（みかた）——我方（名詞⓪）

【句型提示】

一、……ことも……こともできません（即不能……也不能……）

上がることも、沈むこともできん。

二、まるで＋否定＋ではありませんか（簡直就是……嘛）

まるで鳴らぬではないか。

三、名詞＋ではなくて＋名詞（不是……而是……）

馬車じゃなくて、馬に乗ってな。

四、……そうに見えます（看起來好像……的樣子）

浅そうに見えたから、水の中へ馬を乗入れました。

五、……ないかな（如果能……的話該多好啊）

わしを助けてくれぬかな。

六、……てほしいです（希望……）

調べてほしい。

七、……のなんの……（或「……の＋否定形＋の……」表示無法形容、不能言喩之意，可以翻譯成「還說什麼……不……的」）

速いのなんの……。

八、意向形＋とした時……（正要……時……）

二つの大きな大砲の玉が空中ですれちがおうとした時、「いまだっ。」……。

【譯文】　吹牛大王

嗯嘿、我是世界屬一的大冒險家馮・卡爾・福利德理西・繆西豪森。

現在我來講一個我有趣的故事給你們聽吧！當然全部都是眞的事情，故事裡面一點也不吹牛，好嗎？

吹牛大王，

全是吹牛。

你看你看，

又開始吹牛了。

他是世界上最

會吹牛的人。

吹牛大王，

全是吹牛。

那麼，我就從我去俄國時的事情開始講吧！

唉呀、說起俄國的寒冷呀……就連太陽都凍僵，硬梆梆地在天空上凍住了呢！既上不去也下不來。所以永遠也不會天黑。我冒著那寒冷搭乘著馬車，在廣大的雪地原野上前進。

可是，突然下起了像鮮奶一樣的白白濃霧，而看不見了前方。

「這可不行，要是對面來了一輛馬車或什麼的話，就會『ㄆㄥ』地一聲撞車了。」

我立刻對馬車車夫說：

「喂、你吹喇叭免得撞車呀！」

「嘿——！」

車夫把喇叭對到嘴上，就用力地吹，連臉都紅了起來，可是……。

只是「ㄏㄨ、ㄏㄨ」地響著。哎呀呀呀，簡直是等於不響嘛！

「不行呀！借給我試試看吧……。」

ㄏㄨㄏㄨㄏㄨ、ㄏㄨ（地喇叭響著）

「眞是！這個喇叭壞了嘛！」

我因爲生這個不會響的喇叭的氣，所以就把它對在嘴上，然後把記得的曲子一首接一首地都吹到了喇叭裡面。嗯、當然，喇叭這傢伙是一響也不響。

不久，馬車好不容易地總算到了旅館。

車夫這傢伙比我先跑進了旅館，他把喇叭往牆上一掛，就守住火爐不動了。

我也急忙地到了火爐那裡，和車夫坐在一塊兒了。

「噢——，好暖和……。」

身體好像都要溶化了似地。

可是，就在這個時候、

雄壯的喇叭聲音響遍了整個旅館，我嚇得「ㄆㄥ」地一聲跳了起來，幾乎要撞到了天花板。

因爲誰也沒有吹，那聲音是從剛才那個不會響的喇叭裡傳出來的。

我總算是想出原因來了。原來是因爲那雪地原野裡太冷了，所以聲音就結凍在喇叭裡了。而這些聲音被火爐的火一溫暖，又溶化而流出來了，其原因就是如此。

「哈哈—。」

哇、那之後也是很令人愉快的。因爲我吹進去了的那些曲子都一首接一首地溶化出來了。

吹牛大王，

全是吹牛。

你看你看，

又開始吹牛了。

整個旅館裡的人們，大家都很入神地傾聽著我的曲子。啊、簡直是一場很棒的音樂會喲！嗯。且說，後來我前往土耳其這個國家，這國家的國王是我的好朋友。我不是坐馬車，而是騎馬去的。

可是，我來到了一個沼澤地方。因爲這沼澤看起來好像很淺的樣子，所以我就騎著馬下水了，可是一下水，唉呀呀呀、這可不得了。開始下沉了。

好！我把騎著的馬的馬鬃一抓住，就拚命地往上提。太棒啦！馬升到沼澤上面來啦！我可是提著馬，平安地橫渡沼澤的喲！

一到了土耳其，國王非常高興。

「哎呀呀，原來是繆西豪森啊！你來得太好了。如果你能夠幫我個忙的話該多好啊！我正在傷腦筋呢！」

聽國王一說，原來是土耳其正在攻打敵人的城堡，可是城堡裡的情形，他們是完全不知道。因此，希望我幫他們調查一下。

「嗯、原來如此啊！那麼，我就很快地飛到那裡，幫你看看情形吧！」

我對國王這麼一說，就一躍而跳上了一座很大的大炮的炮筒上面，這大砲正瞄準著敵人的城堡。

「預備！發射！」

ㄉㄨㄥ。

ㄒㄧㄡ。

當那個漆黑的大砲彈從大砲裡飛出來時，我就像騎馬似地跳到了砲彈上面。

ㄒㄧㄡ。

哎呀，說快還眞快。看著看著就飛到了敵人城堡的附近。

「噢，城堡的情形全都看見啦！哈哈，敵人老兄，你已經快撐不下去啦！太棒啦！」

我冷笑了一下，可是、

「啊、不得了！這樣一直飛下去的話，就要栽到城堡的正中央啦！這下子可慘啦！怎麼辦……。」

剛好就在這個時候，從敵人的城堡那裡也「ㄒㄧㄡ」地一聲飛過來了一顆大砲彈。而當這兩顆大砲彈正要在空中交錯的時候、

「就是現在！」

我翻身一跳而移到了敵人的那顆砲彈上面。

就這樣地，我安全地飛回到了國王的城堡，然後詳細地告之以敵人的情形。藉此我方才獲大捷。我得到了那個國家的一半，以做為我的鼓勵。如何？我的本領可以稱得上是世界第一的空中馬戲團裡的高手吧，這下子可很明白了吧?!噢哼。

吹牛大王，

全是吹牛。

你看你看，

又開始吹牛了。

他是世界上最

會吹牛的人。

吹牛大王，

全是吹牛。

（完）

二十、名犬ラッシー

マイネームイズジョー（ぼくはジョーです）。ぼくは、イギリス①の男の子です。

ぼくの一番の仲良しは……。

「カムオンラッシー。（ラッシー、さあ、こっちへおいで。）みなさんにごあいさつしなさい。」

ラッシーは、白と黒と金色の美しい毛をしたコリー犬です。

ラッシーは、雨の日も風の日も、四時になると、学校へジョーを迎えに行きます。

「ほら、ラッシーが通ったよ。時計を四時に合わせ②よう。」

村の人が、そう言うくらいです。

ジョーも、ラッシーがかわいくてかわいくてたまりません。

そうしたある夏の日のこと。

カランカラン③、カランカラン、カランカラン―。

学校の授業の終りの鐘が鳴りわた④りました。

「ラッシー、お待遠。」

ジョーは学校の門の所へ駆付け⑤て、声をかけ⑥ました。

「あれ、ラッシー。ラッシー、どこにいるの。」

いくら呼んでも、ラッシーの姿は見えません。

「途中でけがを⑦したのかな。それとも病気かしら。」

ジョーは大急ぎで、うちに帰りました。

「お母さん、ラッシーは……。」

すると、お母さんは、なぜか、目に涙をいっぱいため⑧て言いました。

「あのね、ジョー。お父さんの働いていらっしゃる炭鉱⑨が今度急に石炭⑩を掘る⑪のをやめたのよ。それで、お父さんのお仕事がなくなったの。だから、もう、うちにはお金がはいってこないの。それでね、ねえ、ジョー……。」

「許しておくれ。こうするより外に、仕方がなかったのだよ。」

側からお父さんもつらそうに言いました。

「ああっ、ラッシーは、売られてしま⑫ったんだ。」

ジョーは、悲しくってかなしくって、たまらなくなって、思わず⑬うちを飛び出しました。

遠い空に向かって、声かぎり⑭呼びました。

「ラッシー、ラッシー……。」

そのころ、ラッシーは、狭いおり⑮に入れられて、貨物列車の中にいました。

ジョーのお父さんのお友だちのラドリングさんの所に売られて行くのです。そこは、ジョーのむらから北へ六百キロも遠く離れた所です。

ラドリングさんのうちに運ばれたラッシーは、意地悪な犬係⑯の男に、毎日いじめられていました。

ピシッ、ピシッ、ピシッ……。

「ジョーぼっちゃんは、いつもやさしく頭を撫で⑰てくれたけど、こっちじゃ、いつも鞭⑱で打たれるばかりだ。ああ、ジョーぼっちゃんの所へ帰りたい。」

ラッシーは、ジョーのことばかり考えました。

「さあ、四時だ。これから、散歩に行くんだ。」

男が、あらあらし⑲くラッシーを引張りだ⑳しました。

「あっ、四時、四時だ。ジョーぼっちゃんを迎えに行く時間だ。」

ラッシーが、激しく首を振ると、すっぽり㉑綱㉒が抜けました。

「こら、どこへ行くんだ。待て、待て。」

男があわててつかまえようとする袖の下をさっとくぐりぬけ㉓たラッシーは、飛ぶように駆け出しました。

ラッシーは、走っていきます。

野を越え、森を抜けて、南へ、南へ……。どこを見ても知らない土地ばかりです。

「わあい、野良犬㉔だ。やっつけ㉕ろ。」

いたずらっこ㉖に、石をぶっつけ㉗られたりしました。

「こら、にわとりどろぼう。」

「ジョーぼっちゃん、待ってください。」

牧場㉘の主人から、鉄砲で打たれたりしました。けれども、ラッシーは走りつづけ㉙ます。

足はもう血だらけ㉚、おなかもぺこぺこ㉛。ふらふらよろめ㉜きながら、ラッシーは走ります。南へ、南へ……。

目の前に大きなみずうみが現われ㉝ました。

ザブーン。ラッシーは、勇敢にみずの中に跳び込んで、一生懸命泳ぎだしました。あんまり疲れているので、真中あたりまで行った時、もう力尽き㉞て、ぶくぶくと沈み始めました。

「ああ、もうだめだ。」

ラッシーは、がぶりといっぱい水を飲みました。

「ラッシー、がんばれ。死んじゃだめだ、ラッシー。」

ラッシーの耳元㉟に、なつかしいジョーぼっちゃんの声が聞えたような気がしました。

「はい、がんばります。ジョーぼっちゃん。」

ラッシーは力を振起㊱して、みずうみを横切る㊲と、また、走りに走りました。

夏から秋へ、秋から冬へ、季節は移り変㊳っていきます。ラッシーの苦しい旅は、いつ終わるのでしょうか。

カランカラン、カランカラン。四時です。授業が終わって、ジョーは今日も寂しそうに、教室から出てきました。

すると、ジョーの足元によろよろっとよろめきながら、近付いてきたものがあります。

「あっ、ラッシー、ラッシー。よく帰ったね。ラッシー。」

ジョーは夢中で、ラッシーの首を抱きしめ㊴ました。

「ああ、こんなに痩せて、こんなに汚れて、かわいそうに。」

ジョーの目には涙がいっぱい溢れ出㊵ました。

ラッシーも、うれしそうに、しっぽを振りながら、ジョーの胸に、ぐいぐい鼻をこすりつける㊶んでした。

みなさん、ぼく、ジョーです。今、とてもしあわせです。なぜなら、ラッシーの冒険を聞いて感心㊷したラドリングさんが、ラッシーをぼくに返してくれたんです。そればかりか、お父さんも、ラドリングさんの所で働くようになりました。

もう一つ、ラッシーは、もうすっかり元気になりましたよ。こんなに——。

ワン、ワンワンワン、ワン。

（おわり）

【注釋】

①イギリス——英國（名詞[0]）

②時計を合わせる——對錶（詞組）

③カランカラン——鈴噹聲（擬聲語[1]）

④鳴りわたる——響徹（五段動詞[4]）

⑤駆付ける——跑到（下一段動詞[4]）

⑥声をかける——打招呼（詞組）
⑦けがをする——受傷（詞組）
⑧ためる——積、存（下一段動詞0）
⑨炭鉱——煤礦（名詞0）
⑩石炭——煤（名詞3）
⑪掘る——挖、挖掘（五段動詞1）
⑫売られてしまう——被賣掉（詞組）
⑬思わず——不由地、不知不覺地（副詞2）
⑭声かぎり——放聲、放大嗓子（副詞3）
⑮おり——獸籠（名詞2）
⑯犬係——管理狗的人（名詞3）
⑰撫でる——撫摸（下一段動詞2）
⑱鞭——鞭子（名詞1）
⑲あらあらしい——粗暴的（形容詞5）
⑳引張りだす——拉出來（五段動詞5）

㉑すっぽり——完全脫落貌（副詞[3]）

㉒綱——粗繩、索（名詞[2]）

㉓くぐりぬける——鑽過去（下一段動詞[5]）

㉔野良犬——野犬（名詞[0]）

㉕やっつける——揍、教訓（下一段動詞[4]）

㉖いたずらっこ——頑皮的孩子（名詞[4]）

㉗ぶっつける——打、扔、擲（下一段動詞[0]）

㉘牧場——牧場（名詞[0]）

㉙走りつづける——繼續跑（下一段動詞[6]）

㉚血だらけ——滿都是血（名詞[2]）

※泥だらけ（全都是泥巴[3]）

※埃だらけ（全都是灰塵[4]）

※傷だらけ（全都是傷[3]）

※欠点だらけ（缺點很多[5]）

㉛ぺこぺこ——形容扁、不鼓起狀（副詞[1]）

㉜よろめく——搖搖晃晃東倒西歪（五段動詞[3]）

㉝現われる——出現（下一段動詞[4]）

㉞力尽きる——筋疲力盡（下一段動詞[5]）

㉟耳元——耳邊（名詞[3]）

※足元（脚邊[3]）

※枕元（枕邊[3]）

※手元（手邊[3]）

㊱振起す——鼓起（五段動詞[5]）

㊲横切る——横過、横穿（五段動詞[3]）

㊳移り変る——轉換、變化（五段動詞[5]）

㊴抱きしめる——緊抱住、抱緊（下一段動詞[4]）

㊵溢れ出る——溢出（下一段動詞[4]）

㊶こすりつける——擦、搓（下一段動詞[5]）

㊷感心する——佩服、欽佩（サ變動詞[0]）

【句型提示】

一、……と……（一……就……）

四時になると、学校へジョーを迎えに行きます。

二、……て……てたまりません（……得……得不得了）

かわいくてかわいくてたまりません。

三、いくら……ても＋否定（再……也不……）

いくら呼んでも、ラッシーの姿は見えません。

四、……より外に、仕方がありません（除了……以外別無他法）

こうするより外に、仕方がなかったのだよ。

五、……たりします（表示列擧之意，可譯爲「……啦什麼的」）

いたずらっこに、石をぶっつけられたりしました。

牧場の主人から、鉄砲で打たれたりしました。

六、……てはだめです。（不可以……）

死んじゃだめだ。

七、……ような気がします。（覺得好像……）、（彷彿……）

ジョーぼっちゃんの声が聞えたような気がしました。

八、動詞連用形＋に＋同一動詞（表示此動作持續之意，可譯爲「一直……一直……」）

みずうみを横切ると、また、走りに走りました。

九、……から……へ、……から……へ（從……到……，從……到……）

夏から秋へ、秋から冬へ、季節は移り変っていきます。

十、なぜなら……んです（爲什麼呢？因爲……）

なぜなら、ラドリングさんがラッシーをぼくに返してくれたんです。

十一、……ばかりか……（不但……而且……）

そればかりか、お父さんもラドリングさんの所で働くようになりました。

【譯文】 名犬萊西

買內母尹茲喬（我是喬）。我是個英國男孩。

我最要好的朋友是……

「卡母翁萊西（萊西，來、到這裡來。）跟大家問個好！」

萊西是一隻有著白色、黑色、金黃色的美麗的毛的英國科利犬。

萊西無論是下雨天、無論是起風天，只要一到四點，它就會準時到學校去接喬。

「你看，萊西跑過去了。把錶對到四點吧！」

村子裡的人甚至會這麼說。

喬也是疼愛萊西疼愛得不得了。

有那麼一個夏天、

ㄉㄤ　ㄉㄤ、ㄉㄤ　ㄉㄤ、ㄉㄤ　ㄉㄤ。

學校下課的鐘聲響徹著。

「萊西，讓你等那麼久，對不起。」

喬跑到了學校大門的地方，打著招呼。可是，

「咦？萊西、萊西，你在哪裡呀？」

無論他再怎麼叫也見不到萊西的身影。

「是不是在路上受了傷？還是生病了呢？」

喬急忙地回到了家裡。

「媽，萊西它……。」

這時，媽媽不知道是為了什麼眼睛裡充滿了淚水說道：

「嗯、喬，你爸爸工作的那個煤礦這次突然停止採礦了。因此爸爸的工作就沒有了。所以，家裡再也不會有錢進來了。所以啊、就、喬……。」

「原諒爸爸。因為除此之外，再也沒有其他的辦法了。」

爸爸也很難過似地在旁邊說道。

「啊、萊西是被賣掉了！」

喬好難過，難過得不得了，不由得衝出了家門。

他朝著遙遠的天空，放聲大叫道：

「萊西、萊西……。」

這時，萊西被裝在一個小小的獸籠裡，正在一列貨運火車的上面。

它是要被賣到喬的父親的朋友拉德林先生那裡去的。那是一個位於喬他們村莊的北方，而距離喬他們村莊有六百公里之遠的地方。

被運到拉德林先生家的萊西，每天都被一個很壞的男子虐待，他就是專門管理狗的管理人。

ㄆㄧㄚ ㄆㄧㄚ ㄆㄧㄚ（的鞭子抽打聲）

「喬小主人總是溫柔地摸著我的頭，可是在這裡、卻光是在挨鞭子。啊、眞想回到喬小主人那裡去。」

萊西總是想著喬小主人。

「走、四點啦！現在要去散步了。」

男子粗暴地把萊西拉了出來。

「啊、四點、四點了。是該去接喬小主人的時間了。」

萊西猛猛地把頭一搖，繩索就完全地脫落了。

「喂、要去哪裡呀!?站住、站住！」

男子急忙地想要抓住萊西，可是萊西很快地從他的袖子下邊鑽了過去，然後飛快地跑了起來。

萊西向前跑過去。

它越過原野、穿過森林，朝向南方、朝向南方……。放眼望去到處都是陌生的地方。

「哇、野狗。揍它！」

萊西有被頑皮的孩子用石頭打。

「喂、偷雞賊！」

萊西也有被牧場的主人用槍打。可是，它還是繼續往前跑。

「喬小主人，請你等著我。」

脚上已滿是鮮血，肚子也餓得扁扁的，它搖搖晃晃東倒西歪地往前跑。朝向南方、朝向南方……。

眼前出現了一個大湖。

「ㄆㄨ ㄊㄨㄥ」地萊西勇敢地跳進了水裡，然後拼命地游了起來。可是因爲太累了，所以在游到差不多湖中央時，已經筋疲力盡，開始「ㄍㄨ ㄌㄨ、ㄍㄨ ㄌㄨ」地往下沉了。

「啊—、已經不行了！」

萊西灌了一肚子的水。

「萊西，加油！你不能死啊！萊西。」

萊西覺得好像在耳邊響起了懷念的喬小主人的聲音。

「好，我會加油的，喬小主人。」

萊西鼓起了力氣，一橫過大湖，又一個勁地跑著。

從夏天到了秋天、從秋天又到了冬天，季節在轉換著。而萊西艱苦的旅程要到什麼時候才會結束呢？

ㄉㄤ ㄉㄤ、ㄉㄤ ㄉㄤ、ㄉㄤ ㄉㄤ，四點了。下課了，喬今天也是很寂寞地離開了教室。

這時，忽然有一個東西在脚邊搖搖晃晃東倒西歪地靠近了過來。

「啊、萊西！萊西！你可回來啦！萊西。」

喬一個勁地、緊緊地抱住了萊西的頭。

「啊—、瘦成了這個樣子、髒成了這個樣子，你好可憐！」

喬的眼裡不斷地溢出了淚水。

萊西也很高興似地，一邊搖著尾巴、一邊把鼻子在喬的胸前擦來擦去。

各位，我是喬。我現在非常幸福。為什麼呢？因為聽到了萊西的冒險故事而深表佩服的拉德林先生，他把萊西還給我了。不只是那樣，爸爸也在拉德林先生那裡工作了。

還有一點，萊西已經完全康復囉！你瞧，他是這麼有精神地在叫著、

ㄨㄤ、ㄨㄤ、ㄨㄤ、ㄨㄤ、ㄨㄤ。

（完）

附錄一　動物的叫聲

為了生動、有趣起見，在童話故事裡面總是少不了一些動物的叫聲。以下便是：

ウォーッ（狼）
カアカア（烏鴉）
キャッキャ（猴子）
クー、クー、クー（鴿子）
ゲロゲロ（青蛙）
コケコッコー（大公雞）
チューチュー（老鼠）
チュンチュン（小鳥）
ニャーオ（猫）
ピーチク（燕子）
ヒヒヒーン（馬）

ピヨピヨ（小雞）
ブーブー（豬）
ブンブン（蜜蜂）
ほうほけきょ、ほうほけきょ（黃鶯）
メーメー（羊）
モー（牛）
ワンワン（狗）

附錄二　口語表現

雖然是相同的一個詞彙，但是在當我們用嘴巴把它說出來的時候，或是為了加強語氣、或是為了發音方便，而會在發音上產生一些或多或少的變化，這就是所謂的「口語的表現」。以下舉例示之：

それなら──→そんなら（要是那樣的話）

…ものか──→…もんか（怎麼會…）

など──→なんか（之類的）

何（なん）でも彼（か）でも──→なんでもかんでも（無論什麼都）

猫（ねこ）がいるので──→猫がいるんで（因為有貓在）

これは──→こりゃ（這是）

それは──→そりゃ（那是）

では──→じゃ（那麼）

それでは──→それじゃ（那麼）

…ではない→…じゃない（不是…）

というのは→っていうのは→ってのー→って（所謂的…是…）

食べられはしない→食べられやしない（無法吃）

見ている→見てる（正在看）

つれていってくれる→つれてってくれる（帶我去）

おじいさん→おじいちゃん（老爺爺）

わからない→わからん（不知道）

買っておく→買っとく（先買好）

どうだ→どうだい（如何呢）

なんだ→なんだい（什麼呀）

どこだ→どこだい（哪裡呀）

…もんか→…もんかい（怎麼會…）

行くか→行くかい（要去嗎）

忘れてしまった→忘れちゃった（忘記了）

忘れてしまうよ→忘れちゃうよ（會忘記喲）

死んでしまった——→死んじゃった（死掉了）

死んでしまうよ——→死んじゃうよ（會死掉喲）

あなた——→あんた（你）

わたし——→あたし（我）

ほんとう——→ほんと（眞的）

帰らなければ——→帰らなきゃ（得回去了）

なんという——→なんて（多麼）

落ちる——→おっこちる（落下、掉落）

あら——→ありゃ（哎呀）

進め——→進めっ（前進）

ええ——→ええっ（表示驚訝）

こちら——→こっち（這邊）

どちら——→どっち（哪邊）

とても——→とっても（非常）

やはり——→やっぱり（果然、仍然）

思い（おも）きり─↓思いっきり（盡量地、徹底地）
それきり─↓それっきり（就那些而已、就那一次而已）
おかしな─↓おっかしな（奇怪的）
よろよろと─↓よろよろっと（東倒西歪搖晃狀）
どきどき─↓どっきどっき（心臓跳動狀）
がぶりと─↓がぶりっと（大口咬、呑狀）
おいしくて─↓おいしくって（好吃而）
ひらひらと─↓ひらひらひらっと（形容樹葉、紙張等飄搖狀）
どこか─↓どっか（哪裡）
あたたかだ─↓あったかだ（溫暖的）
今（いま）だ─↓今だっ（就是現在、到時候啦）
かたはしから─↓かたっぱしから（一個接一個地）

附錄三　口語長音強調表現

我們在說話的時候，常會為了加強語氣、為了生動，而使用「長音表現」，因此形成了所謂的「口語長音強調表現」。以下舉例示之：

大変(たいへん)だ—→大変だあ（不得了啦）

助(たす)けて—→助けてえ（救命呀）

助(たす)けてくれ—→助けてくれえ（救命呀）

狼(おおかみ)だ—→狼だあっ（是狼啊）

狼(おおかみ)が来(き)た—→狼が来たあ（狼來啦）

ありさん—→ありさあん（螞蟻先生呀）

降参(こうさん)—→こうさあん（我投降啊）

しめた—→しいめた（太棒啦）

行(い)くぞ—→行くぞう（我來囉）

報告(ほうこく)—→ほうこうく（報告）

はい——↓はあい（好、好的）
うん——↓ううん（表示肯定之意）
あれ——↓あれえ或あれあれ（咦）
はて——↓はあて（怪呀）
ほら——↓ほうら（喂（用於呼喚））
こら——↓こらあ（喂（用於呼喚））
よし——↓ようし（好吧）
わあ——↓うわあ（吃驚時發出的喊聲）
わっ——↓うわあっ（吃驚時發出的喊聲）
それみろ——↓そうれみろ（你瞧瞧、你看吧）
わい——↓わあいわい（嘲笑起哄聲）
たくさん——↓たくさあん（好多好多）
ずっと——↓ずうっと（…得多）
そっと——↓そうっと（悄悄地、偸偸地）
ぱっと——↓ぱあっと（啪地一下子轉變）

ぬっと→ぬうっと（突然出現貌）
危ない→危なあい（危險啊）
広い→ひろうい（好寬好寬）
すごい→すごうい（眞了不得）
悪い鬼→わるうい鬼（好壞好壞的鬼）
高い木→たかあい木（好高好高的樹木）
つまらないな→つまらないなあ（眞無聊啊）
うそだよ→うそだよう（我是騙你的啦）
誰もいません→だあれもいません（什麼人也沒有）
よく調べてやろう→ようく調べてやろう（我幫你好好地調查一下吧）
しんとしています→しいんとしています（鴉雀無聲、非常寂靜）
なんて可愛いんてしょう→なあんて可愛いんでしょう（多麼可愛啊）
行けないかな→行けないかなあ（如果能去的話多好）
勝ってみせます→勝ってみせまあす（我一定贏給你看）
たいしたもんだ→たあいしたもんだ（眞了不得啊）

その—↓そのう（那個、那個）
そりゃ—↓そりゃあ（那是）
みんな—↓みいんな（大家）

附錄四　故事裡的人物

シンデレラ（灰姑娘）
ポパイ（大力水手）
ミッキーマウス（米老鼠）
ミニマウス（米老鼠的女友米妮）
ドナルドダック（唐老鴨）
スーパーマン（超人）
マスクマン（蒙面人）
きん肉（にく）マン（大力士）
ドラキュラ（吸血鬼）
がいこつ男（おとこ）（髏髏鬼）
ミイラ男（おとこ）（木乃伊鬼）
おおかみ男（おとこ）（狼人）

ロボット（機器人）
ロビンソン（魯賓遜）
ピノキオ（木偶奇遇記的皮諾奇）
椿姫（茶花女）
ねむり姫（睡美人）
白雪姫（白雪公主）
お姫さま（公主）
おうじさま（王子）
おきさきさま（皇后）
おうさま（國王）
七人のこびとたち（七個小矮人）
まほうつかいのおばあさん（巫婆）
サンタクロース（聖誕老人）
お百姓さん（農夫）
かりゅうど（獵人）

牛若丸（牛若丸）

金太郎（金太郎）

桃太郎（桃太郎）

一寸法師（一寸矮人）

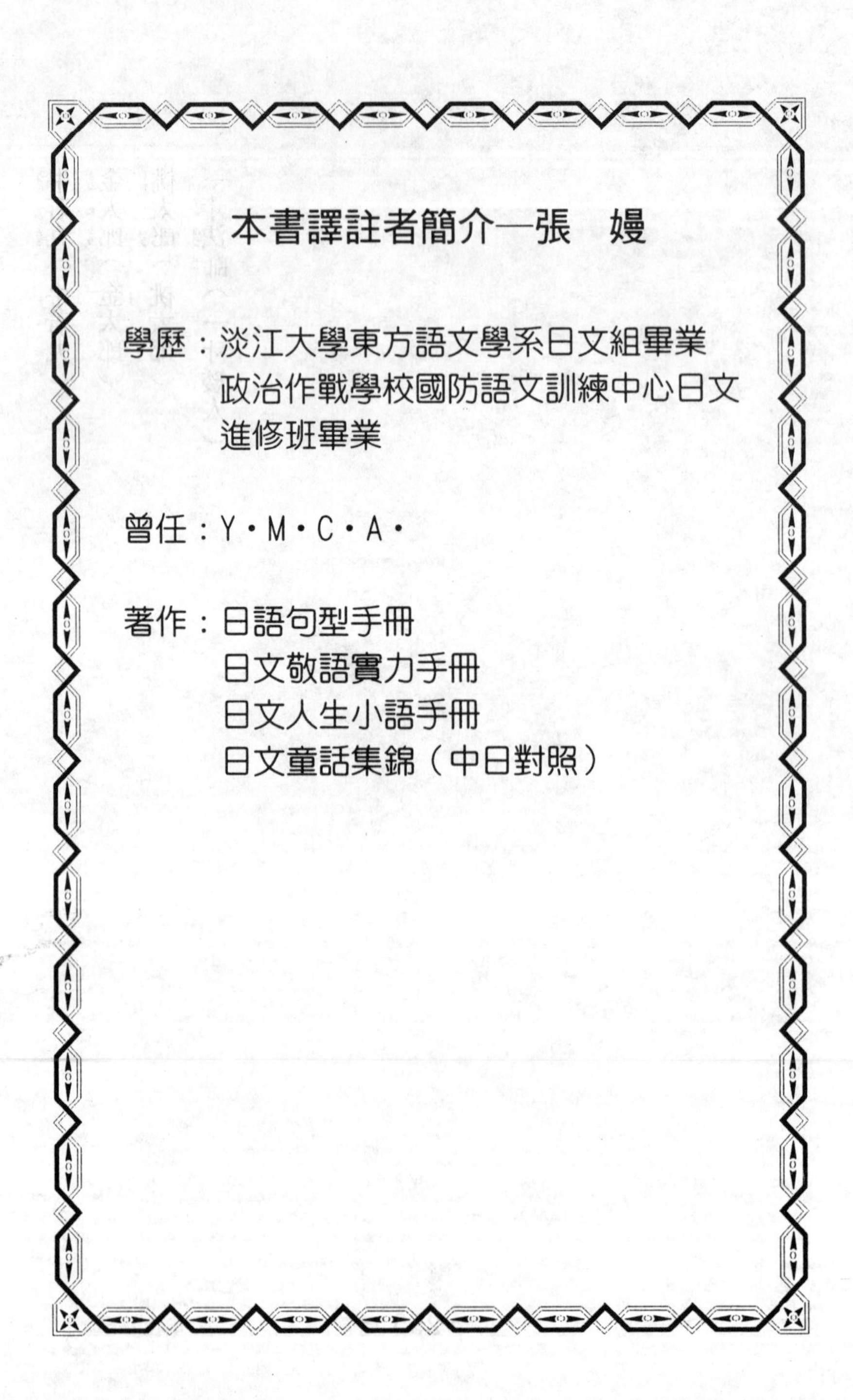

本書譯註者簡介—張　嫚

學歷：淡江大學東方語文學系日文組畢業
政治作戰學校國防語文訓練中心日文進修班畢業

曾任：Y・M・C・A・

著作：日語句型手冊
日文敬語實力手冊
日文人生小語手冊
日文童話集錦（中日對照）

國家圖書館出版品預行編目資料

日文童話集錦 / 張嫚譯著.--初版.--臺北
市 ：鴻儒堂，民 78
面；公分
中日對照

ISBN 957-9092-45-1(平裝)

1.日本語言─讀本

803.18 91006682

中日對照 日文童話集錦

CD書不分售
本書附CD 2片，定價430元

1989年(民78年)7月初版一刷
2002年(民91年)12月初版三刷
本出版社經行政院新聞局核准登記
登記證字號:局版臺業字1292號

譯 註 者：張 嫚
發 行 人：黃成業
發 行 所：鴻儒堂出版社
地 址：台北市中正區100開封街一段19號二樓
電 話：(02)23113810・(02)23113823
電話傳真機：(02)23612334
郵政劃撥：01553001
E — mail：hjt903@ms25.hinet.net

法律顧問:蕭雄淋律師